„Wer der Meinung ist, dass man für Geld alles haben kann, gerät leicht in den Verdacht, dass er für Geld alles zu tun bereit ist."

Benjamin Franklin

AF210137

Idyllischer kann ein Ort nicht sein. Ein See in allen Farben schillernd, eingefasst von mächtigen Bergmassiven, darüber ein strahlend blauer Himmel mit weißen Wolken. Genau der richtige Platz an dem sich die Detektivin Sabine Reichert von einem beinahe tödlichen Überfall auf ihr Leben seelisch erholen soll. Und dann findet sie in dieser märchenhaften Landschaft eine Tote. Alles ist rätselhaft an dieser Geschichte, die Todesnacht, die Todesart, das wann und wieso. Und plötzlich steckt Sabine, die darüber nachgedacht hat, sich von ihren detektivischen Tätigkeiten zurückzuziehen, wieder mitten in einem Ermittlungsfall, der sie bis in die höheren Bereiche der Finanzwirtschaft führt. An ihrer Seite ihre Assistentin Tanja Schmied, ohne die ihr bisher keine Lösung eines Falles gelingen konnte und die sie auch jetzt wieder brauchen wird.

Anna Johann (ein Pseudonym von Hannelene Limpach) war viele Jahre als Dramaturgin und Regisseurin an verschiedenen Theatern tätig und hat einige Jahre lang den Fischer Theaterverlag geleitet. Auch das Schreiben gehörte immer zu ihrem Leben. Sie hat Kurzgeschichten, Erzählungen, Hörspiele und Theaterstücke veröffentlicht, Filme von Margarethe von Trotta und Woody Allen für die Bühne bearbeitet. Ihre Bücher wurden vom S.Fischer und Gmeiner Verlag verlegt. Als letztes ist ihre Geschichte: „Stromboli – eine Liebe im August" erschienen. Heute lebt sie als freie Autorin und Übersetzerin die meiste Zeit des Jahres auf der Insel Stromboli.

Anna Johann

Weder Recht noch Gerechtigkeit

Kriminalroman

Bibliografische Information der Deutschen Nationalbibliothek: Die Deutsche Nationalbibliothek verzeichnet diese Publikation in der Deutschen Nationalbibliografie; detaillierte bibliografische Daten sind im Internet über http://dnb.dnb.de abrufbar.

Verlag: BoD · Books on Demand GmbH, In de Tarpen 42, 22848 Norderstedt, bod@bod.de
Druck: Libri Plureos GmbH, Friedensallee 273, 22763 Hamburg

ISBN: 978-3-7597-7093-6

„Im Namen des Volkes ergeht folgendes Urteil. Die Angeklagte wird wegen Mordes in zwei Fällen und wegen versuchten Mordes in einem weiteren Fall, alle begangen im Zustand verminderter Schuldfähigkeit, zu einer Gesamtfreiheitsstrafe von zehn Jahren und zwei Monaten verurteilt. Angewandte Vorschriften: §§ 21, 49, 53, 54, 211 StGB. Die Angeklagte hat die Kosten des Verfahrens zu tragen. Es ergeht folgender Beschluss: die Fortdauer der Untersuchungshaft wird angeordnet. Das Urteil wird wie folgt begründet…."

Ich höre nicht mehr zu. Der Fall ist abgeschlossen. Der Ordner wird zugeklappt und alles geht seinen geregelten Gang. Ich sollte erleichtert sein, aber ich bin es nicht. Sollen sie sie doch einsperren, zehn Jahre oder weniger. Sie wird bestimmt Revision einlegen. Für mich ändert sich dadurch nichts. Ich bin hier und lasse mich nicht von meinem Anwalt vertreten, weil ich auf ein Zeichen hoffte, eine Geste, einen Blick, dem ich den Satz entnehmen könnte: es tut mir leid. Doch nichts dergleichen. Im bodenlangen, enganliegenden schwarzen Kleid, das ihre Magerkeit betont, mit hochgeschlossenem Kragen, ein harter Kontrast zu ihrem sehr blassen Gesicht und dem weißen Haar, sitzt sie mir im Rollstuhl mit gesenktem Kopf gegenüber und schweigt.

Unbeweglich, nur ihre Hände im Schoß können nicht ruhig liegen. Mal ballt sie sie zur Faust oder krallt ihre Finger klauenartig um den Stoff auf ihren Knien. So wie bei allen Sitzungstagen vorher.

Ihr Verteidiger hat gleich am ersten Verhandlungstag verlesen, dass sich alles genau so ereignet habe, wie von der Staatsanwaltschaft vorgetragen, und dass seine Mandantin im Sinne des Gesetzes schuldig sei. Aber nicht im Sinne ihres persönlichen Gesetzes, das da heiße: Gerechtigkeit. All die, die ihrer Meinung nach dafür verantwortlich waren, dass ihre Tochter sich in der Untersuchungshaft erhängt hatte, sollten den gleichen Tod erleiden. Dazu gehörte außer dem Kommissar, der sie verhaftet und ihrer Freundin, die sie angeblich zu den illegalen Tätigkeiten überredet hatte, auch ich. Schließlich hatte sie mir den Auftrag erteilt, ihre Tochter zu finden, bevor die Polizei entdeckte, dass die junge Frau ihr Taschengeld durch Prostitution und Drogendealerei aufbesserte. Es war mir nicht gelungen. Ich kam eine halbe Stunde zu spät. Im weiteren Verlauf des Prozesses hat sie sich konsequent nicht mehr zu den Tatbeständen geäußert. Im Gegensatz zu ihrem Sohn, der in seinem Prozess nicht oft genug beteuern konnte, wie leid es ihm tue, aber er habe ja keine Wahl gehabt.

„Ich musste tun, was meine Mutter von mir verlangte, sonst hätte sie sich umgebracht."

So weit weg von der Wahrheit ist diese Aussage meiner Meinung nach nicht. Sie hatte viel zu tun. Alles so genau zu planen, war ein Fulltime-Job. Einen Mann an ihrer Seite hatte sie ja auch nicht mehr. Der war geflüchtet. Sie hätte professionelle Hilfe gebraucht.

„Die Sitzung ist geschlossen."

Die hohen Herren hinter dem Richterpult erheben sich, lautes, allgemeines Scharren von Füßen des Publikums im großen Sitzungssaal. Der Prozess hat breites öffentliches Interesse hervorgerufen.

Ich bin noch nicht aufgestanden, sitze immer noch auf meinem Platz, warte wider besseres Wissen auf eine Reaktion und schaue zu ihr hinüber. Jetzt tritt ein Mann in weißer Pflegerkleidung, der, der sie all die Tage schon hereingeschoben hat, hinter sie und löst die Bremse am Rollstuhl. Da hebt sie den Kopf, schaut mich an und lächelt. Es ist das gleiche Lächeln, mit dem sie zugeschaut hatte, als ihr Sohn versuchte, mich mit meinem Schal zu erdrosseln. Ich habe mich überschätzt, dachte, ich wäre vorbereitet, sei gewappnet. Wegschauen von dem Gefahrenpunkt, mich auf ein anderes Ziel konzentrieren.

7

Das hatte ich doch in all den Monaten in meinen Therapiestunden gelernt, zigmal geprobt.

Deshalb sitzt doch Tanja, meine Assistentin, meine Lebensretterin, mein Beistand in all den letzten Wochen mir direkt gegenüber. Aber ich bleibe an diesem Lächeln hängen, merke, wie das Zittern mich überfällt, der Hals sich zuschnürt. Ich japse nach Luft.

Eine Hand fasst meinen Ellenbogen, jemand sagt leise: " Kommen Sie, Frau Seifert" und hilft mir aufzustehen. Ich stehe auf meinen wackligen Beinen, sehe meine Anwalt an und versuche, ihm zu vermitteln: wird schon wieder. Ich kann nicht sprechen. Ein heiseres Flüstern ist alles, was meine Stimme von sich geben kann, und selbst das tut nach wie vor weh. Sehr weh. Medizinisch ist alles wieder in Ordnung, sagen die Fachleute. Die Weichteilblutungen im Kehlkopfinnern, die die Folge der mechanischen Kompression der Halsstrukturen waren, sind zurückgegangen, ebenso die Petechien, rötliche, stecknagelkopfgroße Gewebeeinblutungen im Augenlid und der Mundschleimhaut und die Knorpelverletzungen der Luftröhre verheilt. Ich kann alle diese schönen, komplizierten Ausdrücke mittlerweile auswendig. Ein junger Arzt in der Notfallaufnahme sah seine Aufgabe darin, mir alles genau zu erklären.

Ich wollte es eigentlich gar nicht so genau wissen. Obstruktion der Atemwege führt zu einer Ischämie des Gehirns hört sich für mich so an, als hätte ich eigentlich tot zu sein. Immerhin hat das alles zusammen mit sechs Wochen Reha-Klinik zu einem Erfolg geführt. Wortschatzerweiterung. Nur die Logopädin verzweifelt, weil es mit meiner Stimme in all den Monaten kaum besser werden will. Ach, verdammt nochmal.

Mein Rechtsbeistand lässt meinen Arm nicht los und führt mich hinaus. Vor der Tür wartet Tanja auf mich, nimmt meinen anderen Arm und zu dritt gehen wir die Stufen des Gerichtsgebäudes hinunter, erwartet von zahlreichen Mikrofonen und Fotoapparaten.

„Frau Seifert, bitte hierher schauen."

„Wie fühlen Sie sich?"

„Bitte, nur ein Wort."

„Halten Sie das Urteil für angemessen?"

Irgendwie werde ich durch das Gedränge geschoben und finde mich mit Tanja auf der Rückbank eines Taxis wieder. Sie muss es vorher schon bestellt haben.

„Uff, zum Kotzen, diese Meute." Sie legt ihre Hand auf mein Knie, das immer noch leise vor sich hin bebt. „Jetzt bring ich dich erstmal nach Hause."

Nach Hause. Mein Zuhause ist schon seit Monaten mein Büro. Das hat sich so ergeben. In meiner Wohnung sollten überall Sicherheitsschlösser eingebaut werden und der Boden im Wohnzimmer musste abgeschliffen und neu versiegelt werden. Tanjas Bemühungen, mich wieder aus der Bewusstlosigkeit zu holen, als sie mich fand, haben zwei Eimer Wasser gekostet. Das verzeiht kein Holzparkett. Während ich in den Kliniken war, hat Paul die Arbeiten in unserer Wohnung überwacht. Als ich zurückkam, war er nicht mehr da. Er ist in Berlin. Sie haben ihm zwei Gastinszenierungen angeboten. Schön für ihn. Weniger schön für mich.

Allein kann ich noch nicht wieder in meinem Zuhause leben. Das habe ich jäh gemerkt, als Tanja mich in der Reha-Klinik abgeholt und mich zu meiner Wohnung gefahren hatte. Schon im zweiten Stock blieb mir die Luft weg. Ich konnte keinen Schritt mehr weiter gehen. Konfrontationstherapie. Ich war noch nicht so weit, konnte nicht an den Ort des schrecklichen Ereignisses zurückkehren. Ich brauchte mehr Zeit.

Tanja hatte sich neben mich auf die Stufe gehockt und den Arm um mich gelegt. Da saßen wir sicher eine halbe Stunde lang. Stumm.

Dann fragte sie: "Hotel oder Büro."

Ich krächzte: „Büro."

Da lebe ich nun, habe mich häuslich eingerichtet auf meinen paar Quadratmetern. Obwohl, so wenige sind es gar nicht. Mein Büro hat 25 qm. Der Raum ist hell und licht. Es gibt eine Abstellkammer mit einer Liege, die sogar relativ bequem ist und durch das kleine Fenster darüber kann ich nachts den Sternenhimmel sehen. Dusche und Toilette gibt es nebenan. Kühlschrank und der Elektroherd mit zwei Platten passt in die Nische im inneren Flur. Trotzdem ändert das nichts daran, dass es ein Behelf ist und in keinem Vergleich zu meiner Dachwohnung mit Loggia steht. Die fehlt mir am meisten. Der Platz im Freien, dass ich nicht einfach mal draußen sein kann. Was wohl aus meinen Blumen geworden ist? Aber irgendwann, irgendwann werde ich es schaffen, wieder nach Hause zu gehen. Mit meiner Therapeutin arbeite ich intensiv daran. Wie sagt Tanja: „Lass dir Zeit." Das Taxi hält an.

„Soll ich mit rauf kommen?"

„Nein, lass mal Tanja, das schaffe ich schon."

„Wenn du meinst. Aber heute Abend gehen wir aus. Du siehst beschissen aus, wird Zeit, dass du mal wieder was Ordentliches isst. Die Tütensuppen müssen dir doch langsam bis Oberkante Unterlippe stehen. Ich hole dich um halb sieben ab."

„Aber…."

„Keine Widerrede. Halb sieben!"

„In Ordnung."

Als ich aussteige, ruft Tanja mir nach: „Grüß Olkan von mir."

Ehe ich die letzte Stufe der breiten Treppe erreiche, höre ich das Summen des Türöffners. Der Portier hat mich schon gesehen. Wie immer, wenn ich die Halle betrete, kommt er aus seinem Glaskäfig, um mich mit Handschlag zu begrüßen. Das ist mit ein Grund, warum ich mich immer noch nicht entschließen konnte, in meine Wohnung zurückzukehren. Ich habe hier im Haus einen Zerberus, der auf mich aufpasst. Und nicht nur einen. Es sind insgesamt drei Wächter, die mich beschützen. Außer Olkan Yielmaz gibt es noch Christian Kaufmann und Michael Berger.

Kaufmann ist sehr förmlich, äußerst korrekt, lässt mich aber trotzdem seine väterliche Fürsorge spüren. Michael Berger ist jünger als die beiden anderen, macht auf Kumpel, der mich auch schon mal mit dem Ellenbogen in die Seite boxt und sagt: „Wird schon wieder."

Freundlich waren sie alle Drei zu mir schon immer, aber eher höflich zurückhaltend. Das hat sich langsam geändert, seitdem ich hier wohne, was eigentlich grundsätzlich verboten ist. Ich habe eine Sondergenehmigung der Bank, die zurückgenommen wird, wenn es nicht mehr notwendig erscheint. Irgendwann werde ich also in wohl gesetzten Worten aufgefordert werden, den alten Zustand wieder herzustellen. Schließlich handelt es sich um ein Bürogebäude und nicht um ein Hotel für eine traumatisierte Privatdetektivin.

Mit Olkan Yielmaz bin ich mittlerweile beim Du. Er versorgt mich immer mit einem Abendtee, den seine Frau für mich zusammenmixt, damit ich schlafen kann. Jetzt kommt er auf mich zu, begrüßt mich mit bekümmertem Gesicht, hält meine Hand länger als sonst. Ich sehe ihm an, dass er neugierig ist und wissen möchte, wie der Prozess gelaufen ist. Seine Augen sind feucht, aber er sagt nichts.

Er drückt mir nur wieder ein Päckchen Tee in die Hand, das wunderbar nach Zimt duftet. Ich lächle ihn an und gehe zum Aufzug. Als der kommt und die Türe aufgeht, drehe ich mich um und krächze „Zehn - Jahre - und drei - Monate."

Er muss mich verstanden haben, denn ich höre noch sein "zu wenig", dann schließt sich die Tür. Ich stecke meinen Schlüssel in das Spezialschloss, das mir erlaubt, direkt in den zwölften Stock zu fahren. Außer mir und Tanja kann das sonst niemand. Kunden, die zu mir wollen, rufen an und ich hole sie dann mit dem Lift hinauf. An meiner Eingangstür sind doppelte Sicherheitsschlösser, das ganze Stockwerk wird Video überwacht. Außerdem gibt es noch eine Alarmanlage und unter meiner Schreibtischplatte den Knopf für den Notruf, der mich mit der Polizeileitstelle verbindet. Ich lebe quasi in einer Festung.

Logisch ist das nicht, denn die beiden Menschen, die es auf mein Leben abgesehen hatten, sitzen im Gefängnis. Aber es könnte doch sein, dass einer der anderen, deren illegale Tätigkeiten ich aufgedeckt habe, auch auf Rache sinnen. Etwas übertrieben, kann man sagen. Meine Klienten haben gute Umgangsformen, kommen aus bester Gesellschaft, hätte meine Mutter gesagt, sind höflich.

Aber diese Eigenschaften hatten mich in dem einen Fall nicht vor dem Angriff auf mein Leben bewahrt.

Früher kam man zu mir ins Büro über den Seiteneingang und ein kleiner Lift fuhr ohne Halt in den zwölften Stock. Sonst gab es hier oben nur noch einen Lagerraum, in dem sich alte Akten der Bank stapelten. Aber die braucht man nicht mehr. Wurde alles digitalisiert. Der Eingang wurde geschlossen und der Lift ist stillgelegt. Dass der Weg zu mir jetzt durch die pompöse Eingangshallte führt, sollte eigentlich mein Honorar verdoppeln. Marmorsäulen, spiegelblanke Bodenplatten, funkelnde Messingbeschläge, die hohe Kuppel strömen eine gediegene Vornehmheit aus, nicht zu vergessen, die Portiers in ihren klassischen Uniformen. Das alles hat seinen Preis. Das leuchtet doch ein. Nur ich bin da fehl am Platz.

Ich sitze an meinem Schreibtisch und schaue, wie meistens, tatenlos aus dem Fenster. Die Anrufe an die Detektei landen auf dem Anrufbeantworter. Es sind nicht mehr viele, weil die potentiellen Klienten immer die gleiche Antwort bekommen: „Tut mir leid, aber Frau Seifert ist zurzeit erkrankt und arbeitet nicht. Wir rufen sie an, sobald sie wieder im Büro ist. Vielen Dank für ihren Anruf."

Das sollte ich bald ändern, denn meine Finanzen werden knapp. Ich verbrauche meine Rücklagen, weiß nicht, ob die reichen, bis der Zivilprozess entschieden ist und mir eine Ausgleichssumme gezahlt wird, für Verdienstausfall, zuzüglich Schmerzensgeld. Wenn das zu lange dauert, werde ich das Büro hier aufgeben oder meine Wohnung verkaufen müssen. Daran mag ich aber nicht einmal denken. Und Tanja werde ich mir auch nicht mehr lange leisten können. Doch das kann ich mir noch weniger vorstellen.

Hinter dem Eschenheimer Turm ziehen ein paar weiße Wölkchen vorbei, ansonsten ist der Himmel strahlend blau. Das gibt es nicht so oft in dieser Stadt. In meiner Wohnung würde ich mir jetzt eine Tasse Tee machen und mich auf die kleine Terrasse setzen. Ob die Amsel noch kommt, die im Frühjahr im Spaliergatter, an dem sich jetzt wohl gerade die Tomaten rötlich färben, wenn sie nicht vertrocknet sind, genistet hat? Ich habe versucht, mit ihr ins Gespräch zu kommen und ihr Gezwitscher mehr schlecht als recht nachgemacht. Sie legte den Kopf schief und antwortete mir. Hier gibt es keinen zwitschernden Gesprächspartner, hier rede ich mit dem Turm oder mit mir selbst.

Der Turm musste sich schon einiges anhören. Er kennt meine Panikattacken, die mich Gott sei Dank nur noch selten überfallen. Ich habe ihn mit dem Durcheinander meiner Gefühle überschüttet, was Paul betrifft. Ihn mit meinen sinnlosen Selbstvorwürfen zu getextet, was meine Entscheidungen in der Vergangenheit angeht, ihn um Erleuchtung angefleht, was die Zukunft betrifft. Wie mein Leben weiter gehen könnte.

Man wird schon ein bisschen seltsam, wenn man so viel allein ist. Tanja kommt dreimal die Woche vormittags und wenn sie das Gefühl hat, es ist notwendig, auch schon mal abends auf ein Glas Wein vorbei. Aber ich weiß, sie käme öfter, wenn ich sie darum bitten würde. Ehe ich jetzt trübsinnig werde, mache ich mir lieber einen Tee. Aber nicht den von Frau Yielmaz. Schließlich habe ich noch was vor. Mein Handy klingelt, leuchtet auf und ich sehe das Gesicht von Paul. Ich erschrecke. Er ruft nie an. Er weiß ja, dass ich kaum reden kann, also schreiben wir uns immer Mails oder verschicken Nachrichten über Whats-app. Aber ich sollte wohl reagieren. Ich drücke auf die Taste und krächze ein:

„Hallo, Paul."

Auch er sagt „Hallo", mit der Stimme, von der ich einmal annahm, dass sie nur mir gehörte.

Zärtlich und warm. Ich musste dann lernen, dass er die auch bei anderen Frauen anwenden kann. Aber jetzt freue ich mich, sie zu hören. Es ist schön, von dieser Stimme eingehüllt zu werden.

„Sabine, wie geht es dir? Wie war der heutige Tag für dich? Du musst nichts sagen, du kannst mir ja dann alles schreiben. Aber ich will dir nur persönlich sagen, dass ich heute den ganzen Tag an Dich gedacht habe. Es war sicher nicht leicht. Ich muss jetzt Schluss machen. Habe gleich Probe. Lass Dich umarmen. Ganz fest. Ciao, mein Liebes."

Sein Gesicht auf dem Bildschirm verschwindet. Ich bin allein, mehr allein als vor seinem Anruf. Das dumpfe Rauschen des Verkehrs auf der Eschenheimer Straße und das Ticken der alten Uhr auf meinem Regal, ein Erinnerungsstück von meiner Tante, die mir die Detektei hinterlassen hat, sind kaum geeignet, mich zu trösten. Von ihm umarmt zu werden, das würde helfen. Aber das ist ja im Moment leider nicht möglich.

Paul. Wie viele Gefühlsstürme sind mit diesem Namen verbunden. Ich erinnere mich noch genau, wie ich ihn in der Schauspielschule das erste Mal gesehen habe. Er sah umwerfend aus. Groß, schlank, mit einer blondgelockten Mähne. Und diese Augen. Ein durchdringendes Blau.

Er war so etwas wie der Star des Jahrgangs, hatte schon zweimal eine kleine Rolle in einem Fernsehfilm gespielt. Ich kannte kaum ein Mädchen in unserem Jahrgang, das nicht wenigstens ein bisschen in ihn verliebt war. Ich konnte es nicht fassen, als er ausgerechnet mich auf einen Kaffee einlud. Mich? Es gab doch viel hübschere. Selbstwertgefühl war damals noch eine unbekannte Vokabel für mich. Aber ab dann waren wir tatsächlich ein Paar.

Und dann habe ich so jämmerlich versagt, meinen Lebenstraum verraten. Bin geflohen, abgehauen, weil ich nicht an mich und mein Schauspieltalent geglaubt habe. Und weil ich feststellen musste, dass Paul es mit der Treue nicht so ernst nahm. Mein Gott, war ich naiv. Aber das darf man ja mit knapp neunzehn auch sein. Danach habe ich nichts mehr von ihm gehört, meine Mutter hatte seine Briefe unterschlagen, was ich erst sehr viel später herausfand. Nach Jahren, bei meinem ersten Fall in Berlin, traf ich ihn wieder. Da war er verheiratet. Das erschütterte mich damals nicht so sehr, weil mich eine ganz andere Begegnung völlig aus dem Gleichgewicht gebracht hatte, weil ich ein Gefühl kennengelernt hatte, dass ich bis dahin nicht für möglich hielt. Dass nur dran zu denken, heute immer noch so weh tut. Wie heißt es in der Sarabande von Shakespeare: eine Liebesnacht zählt mehr als hundert glückliche Tage.

Ich sollte es endlich einmal abhaken. Denn mit Paul gab es mehr als hundert glückliche Tage und auch Liebesnächte, seit er vor zwei Jahren plötzlich in Frankfurt auftauchte und sich sehr bemühte, mich zu überzeugen, dass es sich lohnen würde, noch einmal von vorne anzufangen.

Es war alles gut, bis mir diese rätselhaften, beängstigenden Dinge passierten, die er für Einbildung meinerseits hielt. Er hat mir sogar beim Psychotherapeuten einen Termin vermittelt.

Schon wahr. Es war wirklich schwierig zu glauben, dass all die Vorkommnisse Realität waren. Mutter und Sohn Roland haben sich wirklich große Mühe gegeben, waren sehr phantasievoll und haben keine Kosten und Mühen gescheut. Sie haben mir in allen möglichen Situationen aufgelauert, haben mich verfolgt. Das war Teil des perfiden Plans, dass alle Welt glauben sollte, ich sei psychisch krank. So krank, dass ich nur einen Ausweg sehe: mich aufzuhängen. Dass Paul mir nicht glaubte, dass er das, was mir geschah, nicht für möglich hielt, war das Schlimmste. Er, der mich so gut kannte, musste mir doch vertrauen, wissen, dass ich mir das nicht ausdenken konnte. Ich weiß nicht, wie es sein wird, wenn wir uns wiedersehen.

Als er mich in der Klinik besucht hat, haben wir über das gesprochen, was mir passiert ist, es aber nicht geschafft, über die Nacht zu reden, als er mich in meiner größten Not allein gelassen hat.

Wieder klingelt mein Handy und diesmal sehe ich Tanjas Gesicht.

„Hallo, Sabine, kommst du runter? Ich bin da."

Ins Zwerchfell atmen und jede Silbe betonen: „Was? – Ja - ja. Wie - spät?"

„Kurz nach sechs."

„Schon? - Ich – kom - me."

Eigentlich wollte ich das dezente Outfit, das ich für die Gerichtsverhandlung gewählt hatte, ausziehen, es mir ein bisschen bequemer machen, das Makeup erneuern. Aber das klappt jetzt nicht mehr. Ist auch nicht so wichtig. Bei Luciano nimmt man es nicht so genau.

Als ich unten aus dem Aufzug steige, hat Herr Kaufmann schon Dienst. Auch er kommt auf mich zu, nimmt meine Hand mit seiner rechten, drückt sie fest und streichelt mit seiner linken über meinen Handrücken.

Wenn ich mich nicht irre, hat auch er feuchte Augen. Über mangelnde Anteilnahme kann ich mich wirklich nicht beklagen.

„Ihre Freundin wartet auf dem Parkplatz auf Sie", sagt er endlich und lässt meine Hand los.

Wieso auf dem Parkplatz? Zu Luciano sind wir doch die wenigen Male, die Tanja mich überreden konnte, auswärts zu essen, immer gelaufen. Sind doch nur knapp zwanzig Minuten zu Fuß bis zu seinem Ristorante.

Tanja steht neben meinem Auto auf meinem Parkplatz. Berührt mich seltsam. Als sei das nicht ganz in Ordnung. Blödsinn. Tanja fährt mein Auto schon über ein Jahr, weil ich es bisher nicht geschafft habe, mich selbst ans Steuer zu setzen. Sie ist das letzte Jahr immer gefahren und das war ganz selbstverständlich. Sie ist eine versierte Fahrerin, aufmerksam, reaktionsschnell, auch wenn es sie hin und wieder reizt, riskant zu überholen. Sie hat mich in der Reha besucht, ist mit mir in den Taunus zum Wandern gefahren, in den Odenwald und in den Spessart. Es war angenehm neben ihr zu sitzen. Also, was soll das? Sie schaut mich an.

„Du oder ich?"

Ich öffne die Beifahrertür und rutsche auf den Sitz, obwohl ich fast so etwas wie Sehnsucht spüre, es selbst einmal wieder zu versuchen. Aber wie heißt es: Zeit lassen. Ich streiche mit der Hand über das Armaturenbrett.

„Wieso mit dem Auto? Wir laufen doch immer."

„Heute gehen wir mal nicht dahin."

„Sondern?"

„Lass dich überraschen."

Das beunruhigt mich jetzt doch ein bisschen. Tanjas Überraschungen können bei mir durchaus zu Schockmomenten führen.

„Na, - denn. Fahr - los."

Die Fenster sind auf und der betörende Duft der Linden kommt herein. Bald wird Frau Yielmaz gegenüber in der Allee wieder die Blüten sammeln, damit sie uns bei dem kleinsten Anzeichen von Erkältung den notwendigen Tee zustecken kann. Ich mache die Augen zu und atme tief ein. Wieso gehe ich abends so selten vor die Tür. Das sollte ich ändern. Die lauen Sommerabende sind doch so schön. Davon bekomme ich hinter meinen modernen Fensterscheiben nichts mit.

Als ich die Augen wieder aufmache, fahren wir gerade am Zoo vorbei. Als Tanja in die Wittelsbacher einbiegt, begreife ich, wo sie hinwill. Sagte ich es nicht: Schockmoment. Ich schaue zu ihr rüber, sie ist die personifizierte Konzentration, ein Abbild des perfekten Verkehrsteilnehmers. Wenn ich fahre, interessiert mich nur die Straße vor mir und nichts anderes.

„Keine - gute - Idee."

„Ist doch einen Versuch wert."

Der Sommerabend ist mit einem Mal nicht mehr lau, sondern lauernd.

Als wir an der Ampel halten müssen, leuchtet uns von gegenüber an der Ecke das Licht von unserem alten Stammlokal „Diya" entgegen, ein Ort, an dem wir viele Abende verbracht haben. Ich habe mich da immer sehr zu Hause gefühlt. Jetzt wird mir die Kehle eng.

Und natürlich ist kein Parkplatz frei. Nach drei Ehrenrunden tut uns endlich jemand in der Dahlmann Straße den Gefallen und fährt aus einer Parkbucht raus.

Tanja steht auf dem Bürgersteig, wartet und lächelt mich aufmunternd an.

*Ich muss mich erst einmal dazu überreden auszusteigen, das aktivieren, was mir ständig als Lösung meiner Probleme vorgebetet wird. Konfrontationstherapie. Einmal tief durchatmen und die Beifahrertür aufmachen. Jetzt muss ich nur noch aussteigen.

Geschafft. Ich stehe auf dem Bürgersteig und schaue quer über die Wittelsbacher zur Scheidswald Straße, sehe am Ende schwach im Straßenlicht die vertraute schmale Front. Im ersten Stock brennt Licht, in den anderen Fenstern darüber auch. Nur oben die Dachwohnung ist dunkel. Mein Zuhause, das es war und das es wieder werden soll. Wer weiß wann. Durchatmen, durch die Nase tief Luft holen und durch den Mund ausatmen. Dreimal, dann kann ich sagen:

„Gehen wir rein."

Tanja macht vor mir die Außentüre auf und verschwindet durch die Öffnung links ins Lokal. Ich höre wie sie und Raju, der Wirt, sich freudig begrüßen. Dann sollte ich ihr wohl folgen.

Raju kommt mir entgegen, ich strecke ihm meine Hand entgegen, er nimmt sie, hält sie fest. Sehr fest. Nach einer gefühlten Ewigkeit sagt er leise:

„Froh, dich zu sehen. Sehr, sehr froh."

Seine Augen sehen wässrig aus. Anteilnahme tut mir einerseits gut, andererseits ist es jetzt das dritte Mal heute, dass einem Mann meinetwegen Tränen in die Augen steigen und meine Hand wie in einem Schraubstock gefangen hält. Wäre schön, einmal wieder nur einfach freundlich angelächelt zu werden. Ich sehne mich plötzlich schmerzhaft nach Normalität.

Als er uns zu unserem Tisch bringt, natürlich derselbe, an dem wir immer gesessen haben, starren mich alle anderen Gäste an. Vielleicht kommt es mir auch nur so vor. Das ist mit ein Grund, weshalb ich so selten zum Essen gehe. Schließlich war mein Gesicht die letzten Wochen oft in der Zeitung.

Ich bin froh, als wir an unserem Tisch sitzen und ich die meisten neugierigen Blicken im Rücken habe und mich rechts von mir an der Theke und den dahinter aufgereihten glänzenden Gläsern festhalten kann, vor denen Raju gerade fragend zu uns rüber schaut und eine Flasche Rotwein in die Höhe hält. Wir nicken beide. Er bringt zwei, in tiefem Rot schimmernde, Gläser zu uns.

„Und wie ist es? Das gewohnte oder mal etwas anderes? Ich kann heute besonders Paneer Tika, Frischkäse mit Gemüse empfehlen.

Und für dich, Tanja, Diya mixed Grill, anbieten. Ich war auf dem Markt. Lamm und Huhn sind ganz frisch."

„Karahi Paneer," sage ich. „Wie gewohnt."

Ich nehme mir so oft vor, etwas anderes zu probieren, aber ich bin quasi süchtig nach diesem indischen Käse, außen leicht knusprig und innen cremig weich. Ich habe schon oft probiert, es selbst zu machen, mir sogar einen Wok gekauft. Aber es gelingt mir nicht. Es ist eben eine Wissenschaft für sich, die Gewürze im richtigen Verhältnis zueinander zu benutzen.

Er versteht mich nicht, schaut Tanja fragend an. Sie will es schon übersetzen, schließlich hat sie es in all den Wochen immer besser gelernt, meine besondere Sprache zu verstehen. Aber ich wehre ab und versuche es nochmal. Langsam und gestützt durch die erlernte Atmung. Und diesmal versteht er mich. Das gibt mir ein gutes Gefühl. Ich hebe mein Glas und proste Tanja zu.

„Danke."

Der Wein schmeckt fast so wie früher und ich fasse einen Entschluss. Ich werde mir von dieser Irren nicht mein Leben kaputt machen lassen.

Als dann die dampfende Tonpfanne mit dieser Mischung aus Käse, Knoblauch, Paprika und Zwiebeln vor mir steht und mir der köstliche Duft der indischen Gewürze in die Nase steigt, ich den ersten Bissen nehme, genussvoll kaue und diesen besonderen Geschmack auf der Zunge spüre, bin ich fast davon überzeugt, dass ich das schaffen werde.

Bei Tanja ist dagegen von Genuss nicht viel zu spüren. Sie hackt auf ihrem Lamm herum, als wolle sie es atomisieren.

„Tanja, lass - den - Teller - ganz."

„Wie? Ach so. In mir kochts. Verminderte Schuldfähigkeit. Dass ich nicht lache. Die ganzen Aktionen waren so raffiniert ausgetüftelt, erforderten so viel Aufwand, so genaue Planung und so viel Zeit, das kann man nur im Vollbesitz seiner geistigen Kräfte durchziehen. Und wenn ich da an die Vorstellung denke, die sie die ganze Zeit vor Gericht abgeliefert hat: arme, bemitleidenswerte Frau, schwach, krank und gebrochen. Wenn ich da an die Furie denke, die sich kräftig, sehr kräftig, dagegen gewehrt hat, dass der Schlosser und ich ihren Sohn daran gehindert haben, dich zu erwürgen. Wie wild hat sie um sich geschlagen und dem armen Mann einige tiefe Kratzer im Gesicht zugefügt."

„Nichts – mitbe-kommen."

„Nee, bis wir dich wieder zu den Lebenden zählen durften, das hat gedauert. Aber das sind tempi passati. Reden wir lieber von was anderem."

Sie kramt in ihrer Tasche neben ihrem Stuhl und holt einen Umschlag heraus, schiebt ihn über den Tisch auf mich zu.

„Hier."

Ich schaue sie fragend an.

„Mach auf!"

Ich öffne den Umschlag, hole ein Blatt Papier heraus und falte es auseinander. Es ist eine Buchungsbetätigung von einem Hotel am Eibsee, ausgestellt für ein Zimmer mit Seeblick und eines mit Blick auf die Zugspitze auf die Namen Sabine Reichert und Tanja Schmied. Ich begreife gar nichts.

„Was soll das?" frage ich und formuliere langsam jedes Wort.

„Du musst mal raus, weg aus Frankfurt."

„Wer sagt das?"

„Ich!"

Ich starre immer noch ungläubig auf das Formular.

„Wann soll das losgehen?"

„Morgen."

„Du - bist - verrückt."

Das Wort hat effektiv zu viele R. Aber Tanja versteht.

„Kann schon sein. Aber so kann das mit dir nicht weitergehen."

Ich schüttele heftig mit dem Kopf. Aber das hilft nichts. Ich kann mir noch so sehr den Hals verrenken, ich bekomme immer nur „Ist doch alles schon gebongt." zur Antwort. Ich möchte den Menschen kennenlernen, der es schafft Tanja etwas auszureden, was sie sich in den Kopf gesetzt hat.

.-.-.

Also sitze ich schon einen Abend später mit ihr auf einem Balkon, vor mir ein funkelnder See in den verschiedensten Blautönen bis hin zu einem schimmernden Türkis, eingerahmt von einem eindrucksvollen Bergmassiv und darüber ein blau-weißer Himmel. Ich fange an, mich wohlzufühlen und das liegt nicht nur am Champagner, den meine fürsorgliche Sekretärin geordert hat. Auf meine Frage: „Und wer bezahlt das alles?" hat sie nur knapp geantwortet: „Du." Selbstverständlich, ich habe ihr ja schon im Krankenhaus die Vollmacht für alle finanziellen Aktionen gegeben, einschließlich meiner Kreditkarte. Auf mein erschrockenes „Wie bitte?" hat sie gekontert: „Ein langes Wochenende am Eibsee werden dich nicht pleite machen. Ist ja noch was drauf auf deinem Konto. Im Notfall kannst du ja eine Hypothek auf deine Wohnung aufnehmen."

Wieso mache ich mir Sorgen um meine Finanzen, wenn ich so eine vorausschauende Mitarbeiterin habe, die alles regelt. Allerdings auf ihre Weise.

Laute Stimmen und Gelächter kommt schräg vom See. Wie es aussieht, ist da ein Biergarten. In dieses Geräusch dringt plötzlich ein ganz anderer Ton.

„Mom mom man".

Tanja hört es auch und schaut mich fragend an.

„Was ist das denn?"

Ich bin verblüfft, diese Töne hier zu hören. Ich soll es täglich üben, sagt meine Logopädin, aber ich war nachlässig in den letzten Tagen. Ich nehme den Stift und den kleinen Block, der vor mir auf dem Balkontischchen liegt und schreibe: „Stimmtraining. Soll die Belastbarkeit erhöhen."

Der kleine Block ist schon seit Monaten mein Begleiter, wenn die Verständigung trotz aller Bemühungen nicht klappt. Manchmal führt das allerdings zu komischen Situationen. Es ist nicht nur einmal passiert, dass Tanja anstatt mir zu antworten, auch den Block nahm und schrieb.

Sie liest und schaut mich an. Wie ich ihrem Blick entnehmen kann, hat sie so ihre Zweifel.

Die Laute wechseln. Ich kenne die Folge.

„non – ngong – man – min"

Ich stehe auf und gehe vor zum Geländer. Das Hotel ist wie ein L gebaut, der kürzere Teil ist links von uns und im Erdgeschoss sind die raumhohen Fenstertüren weit geöffnet. Ich kann einen Teil des dahinter liegenden Raums erkennen, sehe Menschen, die auf Stühlen sitzen und langsam vor und zurück schwingen. Tanja steht neben mir.

„Und das soll helfen?"

„Ja."

„Wenn du meinst. Ich halte mich da lieber an den Champagner. Nimmst du auch noch einen Schluck?"

Natürlich nehme ich auch noch einen Schluck. Die Stimmen von unten steigern die Lautstärke, bis es plötzlich abbricht.

„Genug für heute. Danke. Wir sehen uns morgen früh wieder um neun."

Das war wohl der Leiter der Gruppe.

Vor dem Raum ist eine kleine Terrasse. Darauf sind ein paar Stehtische verteilt, auf denen Weinkühler und Gläser stehen. Offensichtlich steht später ein allgemeiner Umtrunk an. Wir beide allerdings machen uns auf den Weg ins Restaurant zum Abendessen. Ein Tisch direkt am See bei untergehender Sonne, da sollte sich doch positiv auf meinen Appetit auswirken.

Am nächsten Abend sitze ich wieder auf meinem Balkon. Wir haben einen sehr langen Spaziergang gemacht, Wanderung könnte man schon fast sagen.

Einmal rund um den Eibsee. Das sind immerhin fast acht Kilometer. Und ich bin am frühen Morgen schon gejoggt. Ich hätte nie gedacht, dass das einmal für mich wichtig werden könnte. Aber in der Reha habe ich an einer Studie teilgenommen, die mir gezeigt hat, wie positiv sich die Bewegung auf die Seele auswirkt. Wollte zunächst nicht mitmachen. Laufen. Wie langweilig. Aber es gehörte zu meinem Tagesprogramm. Also musste ich daran teilnehmen. Was ein Glück. Zurück in Frankfurt habe ich es allerdings sträflich vernachlässigt, muss ich zugeben. Dabei wollte ich mir unbedingt merken, wie gut ich mich danach fühle.

Als ich heute Morgen aufgewacht bin, war es noch sehr früh. Also warum nicht mal wieder einen guten Vorsatz in die Tat umsetzen. Die Sonne hatte es noch nicht über die Bäume am See geschafft, aber die Spitzen leuchteten schon golden. Über dem Wasser lag eine Dunstwolke, die sich zögerlich zerfledderte. Vögel hörte man zwitschern und bis auf eine junge Frau, die mir entgegenkam, bin ich keinem anderen Menschen begegnet. Es war wunderschön. Der ständige Druck, der sonst immer noch auf meiner Kehle lastet, war kaum zu spüren. Das tat gut.

Mir kam Goethes Faust in den Sinn:

Des Lebens Pulse schlagen frisch lebendig

Ätherische Dämmerung milde zu begrüßen.

Du Erde warst auch diese Nacht beständig

und atmest neu erquickt zu meinen Füßen.

Die Tüte mit dem Danke für Tanja wird immer voller. Ohne sie hätte ich das ja kaum erleben können.

Doch entsprechend schlaff hänge ich jetzt in den Seilen. Auch das ist ein gutes Gefühl. Aus dem großen Raum unten kommen wieder mir sehr bekannte Laute.

„oao eae vav iai"

Das war die Einerkette, jetzt müsste die Zweierkette folgen.

„oaooao – eaeeae – vavvav – iaiiai."

Sage ich doch.

„Die Betonung immer auf dem A."

Den Satz bekomme ich auch nicht mehr aus meinem Gehirn. Als Tanja mit dem Champagner rauskommt, um nachzufüllen, lacht sie laut los.

Ich habe gar nicht gemerkt, dass ich mit eingestimmt habe. Es hört sich bei mir allerdings nicht volltönend an, sondern eher wie der Sterbegesang einer Saatkrähe. Von wegen Betonung auf dem A. Mir bleibt nichts anderes übrig, als mitzulachen. Hoffentlich hat das unten keiner gehört. Ich habe heute Morgen beim Gang zum Frühstück an der Saaltür ein Schild gesehen. Es findet dort ein Seminar für Führungskräfte statt. Schwerpunkt ist offensichtlich die Transaktionsanalyse. Sie liefert der Psychologie ein Konzept, das die menschliche Persönlichkeitsstruktur erklärt. Es ist eine Theorie, wie Menschen sich in bestimmten Zusammenhängen verhalten, soll helfen, Kommunikationsstörungen auf den Grund zu gehen, Konflikte zu begreifen und zu lösen. Unter den einzelnen Seminarthemen war auch Stimmkräftigung aufgeführt.

„Danke und bis morgen."

Jetzt scheint für heute Schluss zu sein. Wie es sich anhört, kommen alle raus auf die Terrasse. Der abendliche allgemeine Umtrunk gehört offensichtlich mit zum Seminarangebot. Mit meinem Glas gehe ich vor zur Brüstung, schaue mir an, was das für Menschen sind. Ich zähle sieben. Sie scheinen alle noch sehr jung zu sein. Es wird viel gelacht.

Eine Frau mit dunklen Locken beteiligt sich nicht an dem allgemeinen Gerede der anderen. Sie steht abseits und schaut über den See. Ein junger Mann geht zu ihr, spricht sie an. Sie wehrt ihn ärgerlich ab. Ich glaube, sie ist dieselbe Person, die mir heute früh am See begegnet ist. Als sie mir entgegenkam, verlangsamte sie ihr Tempo, blieb fast stehen. Es sah für mich so aus, als wolle sie mich ansprechen. In mir sträubten sich sämtliche Gefühle. Nicht schon wieder einer, der mich mit seiner Neugierde belästigt. Aber dann sagte sie doch nur „Guten Morgen" und lief weiter. Da wirkte sie auch schon auf mich nicht besonders fröhlich. Ihre Füße setzen hart auf dem Boden auf. Dieses Stampfen hatte ich schon gehört, bevor ich sie sehen konnte.

Jetzt hat einer aus der Gruppe unten gemerkt, dass ich ihnen zuschaue. Er hebt sein Glas und prostet mir zu. Ich kann mit meinem letzten Schluck kontern.

Eigentlich bin ich viel zu müde zum Abendessen, hätte nichts dagegen, mich sofort ins Bett zu legen. Aber die Küche ist hier wirklich hervorragend. Das musste sogar ich gestern Abend feststellen. Ich hatte zum ersten Mal seit Wochen wieder Appetit und das musste selbstverständlich mit Wein gefeiert werden.

Wir saßen lange draußen an diesem wunderschönen See, haben ihm zugesehen, wie er sich langsam durch den vielfarbigen Abend schlich. Doch morgen lassen wir es langsam angehen. Wir fahren nach Garmisch-Partenkirchen. Shoppen. Allenfalls ein Lauf am Morgen. Ich sollte es nicht übertreiben.

.-.-.

So eine Mittagsruhe ist doch etwas Herrliches. Ich liege auf meinem Bett, die Türe zum Balkon steht weit offen. Das Stimmengewirr der Menschen vom Biergarten stört mich nicht. Ist eher beruhigend. So normal. Heute Morgen hatte ich Mühe, meinen guten Vorsatz in die Tat umzusetzen. Meine Beine protestierten. Aber nicht nur die taten mir weh. Kann man am ganzen Körper Muskelkater haben. Trotzdem bin ich los, wollte nicht am zweiten Tag schon aufgeben. Ich habe mich am Ufer entlang geschleppt, bin aber nach einer halben Stunde wieder umgekehrt.

Unser Frühstück haben wir genüsslich ausgedehnt. Es wird auf der Terrasse serviert, die sich entlang des ganzen Gebäudes dicht am Ufer erstreckt. Unter den gelben Sonnenschirmen kann man es lange aushalten. Es gibt viel zu sehen. Jede Menge Stehpaddler sind unterwegs, Kanus und zahlreiche Kinder mit Luftmatratzen und allen möglichen Schwimmtieren. Nicht zu vergessen, die Wolkenformatione, um die Zugspitze, die sich ständig verändern.

Tanja war einverstanden, dass wir einen Tag ohne Programm einlegen, die Fahrt nach Garmisch auf morgen verschieben. Den großen Eisbecher nahmen wir uns für heute Nachmittag allerdings schon vor.

Wahrscheinlich wartet sie jetzt bereits auf mich. Schließlich ist es gleich halb fünf. Ich sollte also aufstehen.

Tanja hat mich nicht enttäuscht. Außer einem Bananasplit hat sie noch einen Freundschaftsbecher vertilgt. Freundschaft heißt in diesem Fall, er reicht für zwei. Ich habe mir nur zwei Bällchen Eis mit Sahne bestellt. Das positive Gefühl vom Vormittag hatte sich wieder verflüchtigt und damit auch mein Appetit. Weiß der Himmel warum. Mir ging die Frage nach Recht und Gerechtigkeit wieder durch den Kopf. Das eine entspricht nicht immer dem anderen, sollte es aber, wünscht man sich. Darüber haben sich schon andere, klügere Menschen als ich, Gedanken gemacht, ohne eine Welt umfassende Aussage dazu machen zu können. Recht sollte gleich Gerechtigkeit sein, und ist nur dann ungleich Gerechtigkeit, wenn der Wille fehlt, diese zu schaffen oder die Fähigkeit Gerechtigkeit zu schaffen. Was hilft mir das, wenn ich an die Taten von Mutter und Sohn Roland denke. Für sie beide wären Recht und Gerechtigkeit deckungsgleich gewesen, wenn die entsprechend Beteiligten ihre Tochter vor dem Selbstmord geschützt hätten. Das haben wir aber nicht. Deshalb entschieden sie sich für Auge um Auge, Zahn um Zahn. Alttestamentarisch.

„Du solltest aufhören zu grübeln, Sabine. Die Weltformel zu finden, ist ein zu kompliziertes Vorhaben."

Habe ich laut gesprochen oder wie kommt sie zu der Bemerkung? Als ich sie anschaue, lächelt sie und streicht sich mit dem Finger über die Stirn. Verstehe. Meine Denkfalten zwischen den Augenbrauen.

Diese Frau mit ihrem merkwürdigen Aussehen mir gegenüber, die mich mittlerweile so gut kennt, während ich von ihr kaum etwas weiß. Warum hält sie so an ihrem Punk-Stil fest, obwohl der doch ziemlich aus der Mode gekommen ist? Die linke Kopfseite ist kahlgeschoren, über dem Ohr setzt ein tätowierter Panther zum Sprung an. Ihre rechte Gesichtshälfte wird halb von einer schwarzen Mähne verdeckt, verziert mit hellgrünen Strähnen. Es kommt vor, dass sie sich kleine Zöpfchen flicht, an deren Enden bunte Perlen baumeln. Ihr Gesicht ist sehr weiß geschminkt, ihrer Augen kohlrabenschwarz dank einem breiten Lidstrich und künstlichen Wimpern. In eine Detektei, die hauptsächlich mit Problemen von Klienten aus der Wirtschaft und dem Finanzwesen zu tun hat, passt sie optisch gesehen überhaupt nicht. Es ist immer wieder ein Moment der Verunsicherung, wenn jemand sie in meinem Büro das erste Mal sieht.

Aber ich habe schon viele Dankgebete gen Himmel geschickt, dass sie vor einiger Zeit eines Tages vor meiner Türe stand, sagte: „Ich möchte mal sehen, wie sie arbeiten", und ich geantwortet habe: „Dann kommen Sie mal herein." Ich bezweifle, dass ich ohne sie meine Fälle hätte lösen können.

Jetzt sitzen wir wieder auf dem Balkon, diesmal mit einem Glas Rotwein und genießen den lauen Abend. Es war ziemlich heiß heute den ganzen Tag, aber wir haben uns eine Abkühlung im See gegönnt und jetzt kommt vom Wasser her und vom Berg herab ein leiser Wind. Angenehm.

Das Seminar scheint beendet zu sein, denn von unten ist allgemeines Gelächter zu hören, lautes Gerede und Zuprosten. Als ich neugierig nach unten schaue, sehe ich, dass im Saal ein reichhaltiges Büffet aufgebaut ist. Da gibt es wohl heute Abend eine Abschiedsfeier. Jetzt hört man auch Musik. Das wird dann wohl ein heiterer Abend, was für mich bedeutet, an frühes Schlafen gehen ist nicht zu denken. Doch wir sind ja auch beschäftigt. Ein neues Gericht von der Speisenkarte ausprobieren und jetzt habe ich auch wieder Appetit auf einen süßen Nachtisch.

Die Creme Brullé schmeckt mir denn auch ausgezeichnet und der Espresso verträgt sich gut mit einem Weinbeerenlikör.

Ich glaube nicht, dass das nur an der Umgebung liegt. Obwohl so ein Tisch direkt an einem See in lauer Nacht hat schon was Besonderes. Trotzdem habe ich jetzt Sehnsucht nach meinem Bett, wenn auch aus dem Saal drüben nach wie vor laute Musik zu hören ist. Vielleicht schaue ich von meinem Balkon ein bisschen zu. Also sage ich Tanja „Gute Nacht" und gehe hinauf in mein Zimmer. Sie bleibt noch. Soll sie. Ist ja noch ein bisschen jünger als ich. Abends sitze ich sowieso allein auf meinem Balkon. Finde ich eine gute Regelung. Was sie dann so treibt, geht mich nichts an.

Es wird laut gefeiert und heftig getanzt. Die junge Frau mit den schwarzen Locken, die mir gestern schon aufgefallen ist, scheint davon nicht genug bekommen zu können. Sie wirbelt wild in einem weißen Kleid mit fliegendem Rock auf der Terrasse herum, dreht sich mit hoch erhobenen Armen im Kreis, fasst einen jungen Mann, der im Türrahmen steht, an der Hand, ruft laut "Tanzen!" und zieht ihn zu sich her. Er scheint nicht so die rechte Lust zu haben, folgt ihr aber im Walzerrhythmus bis auf den Steg hinaus. Vorsicht. Ein Schritt daneben und ihr liegt im Wasser. Aber das scheint sie nicht zu beunruhigen. Sie wirkt sehr entschlossen, als wollte sie die Aufmerksamkeit unbedingt auf sich lenken.

Aber keiner der anderen scheint sich für sie zu interessieren. Sie sich auch eher für etwas, was sich links vom Steg am Ufer befindet. Denn sie schaut immer wieder in diese Richtung, auch als sie den Kopf ihres Tänzers zwischen ihre Hände nimmt, ihn zu sich heranzieht und küsst.

Die Musik wird jäh abgeschaltet und ich höre eine feste männliche Stimme: „Feierabend meine Herrschaften. Unsere Gäste möchten jetzt gerne ihre Ruhe haben."

Ja, stimmt. Möchte ich.

.-.-.

Heute Morgen geht das Laufen wesentlich besser. Ich überlege sogar, ob ich nicht die ganze Runde mache. Aber das dauert sicher anderthalb Stunden. So lange kann ich Tanja nicht auf ihr Frühstück warten lassen. `Mach dir nichts vor, Sabine. Du willst nicht so lange warten.` Ich freue mich ja schon, seitdem ich losgelaufen bin, darauf. Wieso deswegen ein schlechtes Gewissen haben? Ist doch schön, dass es mir wieder schmeckt und ich seit Monaten nachts auch wieder schlafen kann.

Rund um den See ist es noch still. Zu früh für Kinder und Wassersportler. Nur ein einsamer Kanute gleitet über den See. Sonst begegnet mir niemand. Auch nicht die junge Frau von gestern Abend. Wahrscheinlich muss sie ihren Kater erst einmal auskurieren.

Als ich zurückkomme, sitzt Tanja schon auf der Terrasse. Ich winke ihr zu, rufe: „Ich beeile mich." und renne die Treppe rauf ins Zimmer. Kurz geduscht und schon sitze ich auch unter dem gelben Sonnenschirm, an diesem wunderbaren Platz direkt am See, freue mich an den Köstlichkeiten, die ich am Büffet auf meinen Teller geladen habe und lasse es mir gut gehen. Hoffentlich kann ich das Gefühl behalten, wenn wir wieder in Frankfurt sind. Aber es liegen ja immer noch zwei Tage vor uns.

Ich will mir alle Mühe geben, dass diese Zuversicht noch weiterwächst.

Der Einkaufsbummel in Garmisch trägt allerdings nicht dazu bei. Ich stehe in einer Umkleidekabine, probiere ein wunderschönes Kleid in grün an, mit weitem Rock und enger Taille. Ich denke wahrscheinlich an das Bild von gestern Abend, da allerdings in weiß. Es passt und sieht gut aus, wenn es nicht diesen großzügigen Ausschnitt hätte. Meine Schlüsselbeine ragen heraus, haben verstörende Ähnlichkeiten mit Türklinken und da, wo eigentlich zwei wohlgeformte Brüste den Stoff ausfüllen sollen, sind nur neben meinem Brustbein zwei traurige Hügel zu sehen. Ich lasse es wohl besser mit dem Shoppen, zumindest was Kleidung angeht, bis ich wieder etwas Gewicht zugelegt habe. Immerhin finde ich eine schöne lose Jacke im Stil von Coco Chanel und ein Paar Topflappen mit dem Zugspitzmotiv. Machen sich in meiner Küche daheim, wenn ich dann einmal wieder dort sein sollte, sicher gut. Erinnern mich an gute Zeiten.

Tanja schleppt sich mit zwei Tüten ab. Wir waren in einem Dirndlgeschäft. Sie hat sich tatsächlich eins gekauft. Ich dachte erst, sie macht Spaß, befürchtete, sie wollte sich drinnen im Laden über die Mode lustig machen. Aber sie hat mich verblüfft.

Sie hat fünf verschiedene Modelle anprobiert und sie standen ihr alle gut. Trotz oder gerade wegen des Punk-Looks. Die Kombination, das Gegensätzliche wirkt sehr apart. Die Entscheidung fiel ihr richtig schwer. Ich hatte das Gefühl, sie möchte am liebsten alle fünf mitnehmen Sie hat sich dann für ein schwarzes entschieden. Immerhin. Die dazu passenden Schuhe zu finden, war die nächste Herausforderung. Dann wurde auch schon die Zeit knapp. Der Nachmittag ist nämlich bereits verplant. Da werden die neuen Gäste des Hotels zu einem Umtrunk und einer Rundfahrt über den See eingeladen. Das will ich mir keinesfalls entgehen lassen. Aber zu einem echten Maß Bier und leckeren Rippchen mit Kraut hat es noch gereicht.

Pünktlich um fünf am Nachmittag stehen wir auf der kleinen Terrasse, auf der gestern Abend noch gefeiert wurde. Von der ganzen Feier ist nichts mehr zu sehen, bis auf einen kleinen Stehtisch an der Seite. Die Türen zum Saal sind geschlossen. Alles sieht sauber geputzt aus. Mit uns warten noch zwei weitere Paare. Eines mittleren Alters im Partnerlook. Beide tragen leichte, beige Jacken zu hellbraunen Hosen. Er ein blaues Hemd, sie eine orangefarbene Bluse. Ihre Sonnenbrille ist so groß, dass man kaum etwas von ihrem Gesicht sieht. Umso mehr fällt der knallrote Lippenstift auf.

Das andere Paar, das ich so um die sechzig/siebzig schätze, ist sehr elegant. Sie in einem sehr schlichten, leinenen Hosenanzug, dafür ist ihr Goldgeschmeide eher üppig. Aber es passt zu ihr. Ihr Mann trägt eine lederne Kniebundhose, sieht neu und sehr teuer aus, dazu das passende karierte Hemd und eine offene Lodenjacke. Außerdem ist er mit ausgiebigen technischen Apparaten behängt. Wohl ein Hobbyfotograf.

Tanja hat natürlich die gesammelte Aufmerksamkeit der Gruppe. Sie trägt ihr am Morgen erworbenes schwarzes Dirndl und hat ihre einseitige, schwarz gefärbte Mähne zu einem Knoten gebunden, der über ihrem Ohr thront. Der Panther auf der rasierten Seite ihres Kopfes zeigt sich so in seiner ganzen Schönheit. Dem beigen Herrn scheint das sehr zu gefallen, so wie er schaut.

Jetzt kommt einer der Kellner aus dem Restaurant auf uns zu. Er trägt ein Tablett mit einem Sektkübel, aus dem ein Flaschenhals geschmückt mit einem blendend weißen Tuch ragt und in der anderen Hand einen länglichen Korb, in dem sechs Sektgläser leise klirren.

„Meine Herrschaften, wenn Sie sich bitte bedienen wollen."

Jeder von uns nimmt sich ein Glas, der Sektkübel wird auf den Tisch gestellt und mit gekonntem Griff und dezentem Plopp die Flasche geöffnet. Ich behaupte zwar immer: ich brauche keinen Luxus, aber mit einem Glas perlenden Sekts an einem Seeufer zu stehen, mitten in dieser imposanten Bergkulisse, das ist denn doch etwas, was ich sehr genieße.

„Sehr zum Wohle, meine Herrschaften."

Vom See her schiebt sich ein Kahn auf uns zu, legt direkt bei uns an. Wir steigen alle ein, was nicht ohne Gelächter abgeht. Offensichtlich sind wir alle nicht darin geübt, in ein schwankendes Boot zu klettern, trotz der helfenden Hand, die uns unser Steuermann reicht. Aber dieses Lachen schafft gleich eine lockere Stimmung. „Wo kommen Sie her? – Wie lange bleiben Sie noch? – Ist das Essen im Restaurant nicht phantastisch"? Was bei solchen Anlässen meistens gesagt wird, wenn sich die Beteiligten nicht kennen. Ich lächle freundlich und sage nichts.

Eine zweite kühle Flasche erwartet uns an Bord zusammen mit frischen Gläsern, die beflissen wieder gefüllt werden. Leise, der Motor wird wohl elektrisch betrieben, tuckern wir auf eine kleine Insel zu, die dicht mit Bäumen bewachsen ist. Insgesamt neun gibt es hier, die direkt vor uns ist die größte.

Wasser, Bäume, gezackte Felskanten, über die sich Wolken in ständig wechselnden Formationen sammeln, das sind schon eindrucksvolle Motive. Störend ist nur, dass der Lederhosen-Mann meint jeden Meter mit seiner Kamera einfangen zu müssen. Irgendein Kopf ist ihm immer im Weg. Wenn er wenigstens sitzen bliebe, aber die Begeisterung hält ihn nicht auf seinem Platz. Also schwankt unser Kahn das ein oder andere Mal bedrohlich hin und her. Das scheint der Gold geschmückten Gattin überhaupt nicht zu gefallen.

„Bitte, Harald, tu uns einen Gefallen und bleibe sitzen. Sonst werden wir noch alle seekrank"

„Ja, ja, gleich. Ich will nur noch dieses eine Bild machen. Können Sie nicht noch ein bisschen an die Insel heranfahren? Die Felsbrocken am Ufer hätte ich gerne noch etwas klarer im Bild."

„Tut mir leid, da sind Untiefen. Näher ran geht nicht."

„Verstehe, dann versuche ich es mit Tele…. Nanu?"

Er lässt die Kamera sinken, schaut mit zusammen gekniffenen Augen in Richtung Insel, nimmt dann wieder den Apparat vors Gesicht.

„Schauen Sie doch mal. Was ist das da?"

Ich folge seinem ausgestreckten Finger und sehe etwas Weißes, das im Wasser schwimmt. Jetzt hat es auch unser Fahrer bemerkt. Er schaltet den Motor runter und steuert das Boot vorsichtig näher an den rätselhaften Gegenstand heran. Es ist wohl ein Stück Stoff, das sich an der Wasseroberfläche leise hin und her bewegt, ungefähr anderthalb Meter von uns entfernt. Tanja und ich werden gebeten aufzustehen, damit er eine lange Stange, die vorne einen Haken hat und hinter der Sitzbank unter der Bordkante festgeklemmt war, herausnehmen kann. Er beugt sich über die Bordwand und versucht mit dem Haken das Tuch zu fassen. Beim zweiten Versuch gelingt es ihm, er will es heranziehen, aber spürt offensichtlich einen Widerstand.

„Verdammt, was ist das? Kann mir mal jemand helfen?"

Natürlich ist es Tanja, die mit anfasst und ziehen hilft. Und dann schreit die Frau neben mir gellend los.

„Das ist ja ein Mensch."

Jetzt erkenne ich es auch. Der weiße Stoff ist ein Kleid und zu dem Kleid gehört eine Frau mit langen, schwarzen, lockigen Haaren, die im Wasser hin und her wehen.

„O mein Gott."

Der Herr mit dem Fotoapparat wird ganz bleich. Seine Frau kniet sich neben Tanja auf die Bank, greift mit beiden Armen ins Wasser und sagt:

"Wir müssen sie herausholen. Nehmen Sie sie in die Mitte, und Sie, Herr Sowieso, versuchen sie unter dem Achseln zu fassen, ich greife mir die Beine. Bei drei alle zusammen. Eins – zwei – drei. Hoch!"

Ein Schwall Wasser ergießt sich ins Boot, als die Drei die Person hereinholen. Sie legen sie auf dem Boden ab und drehen sie um. Es ist die junge Frau, die mir morgens beim Laufen begegnet ist und gestern Abend so wild getanzt hat. Sie trägt noch dasselbe Kleid.

Und jetzt liegt sie vor mir mit geschlossenen Augen. Ohne Zweifel tot. Irgendetwas Grünes hat sich in ihrem Haar verfangen. Sie sieht erstaunt aus mit ihrer gerunzelten Stirn, als versuche sie zu begreifen, was da mit ihr passiert ist. Natürlich fällt mir Ophelia aus „Hamlet" ein, eine Rolle, die ich an der Schauspielschule erarbeitet habe. Diese eineinhalb Jahre haben offensichtlich unausrottbare Erinnerungen in mir hinterlassen.

Unser Fahrer telefoniert jetzt leise, ich nehme an mit der Hoteldirektion. Wir anderen sagen nichts. Die elegante Dame zieht ihre Jacke aus und breitet sie über das Gesicht und den Oberkörper der Ertrunkenen. Dem Hobbyfotografen ist schlecht, er hängt über der Bordwand und spuckt alles aus, was er heute gegessen hat. Seine Frau streicht ihm über den Rücken. Sie weint lautlos. Der Motor ist jetzt wieder zu hören und das Boot dreht.

Es ist eine seltsame Fahrt. Still und ruhig gleiten wir über das Wasser auf die Anlegestelle am Hotel zu. Das laute Geräusch der Badenden ist verstummt. Das dramatische Ereignis hat sich offensichtlich schnell rumgesprochen. Die Menschen am Badestrand stehen alle regungslos da, auch die im Wasser und schauen uns entgegen.

Dort, wo wir eingestiegen sind, steht die Hoteldirektorin, Frau Gruber, zusammen mit irgendeiner männlichen Person, ein Mitarbeiter wohl.

Als wir anlegen, streckt er uns seine Hand entgegen, um einem nach dem anderen zu helfen, aus dem Boot zu steigen. Irgendwie hilflos stehen wir alle da. Wer sagt uns, was zu tun ist? Die Chefin drückt jedem von uns die Hand.

„Was für ein Unglück. Tut mir leid, dass Sie das erleben mussten. Ich habe mit der Polizei telefoniert, so ein Unfall muss gemeldet werden. Gehen Sie doch bitte auf Ihre Zimmer. Sie werden sich umziehen wollen und kommen dann, bitte, sagen wir in einer halben Stunde, herunter in diesen Saal hinter Ihnen. Man wird sicher ein Protokoll aufnehmen wollen."

Ich fühle mich mies, saumäßig mies. Schuldig. Ich habe doch gesehen, wie betrunken sie gestern Abend war und wie wild sie getanzt hat. Aber was hätte ich denn machen sollen? Und sie war ja nicht allein. Dieser Mann, den sie geküsst hat, war doch da und im Saal und auf der Terrasse waren auch noch Menschen. Aber irgendwann muss sie allein auf dem Steg gewesen sein, sonst hätte doch jemand gemerkt, dass sie in den See gefallen ist. Was hat der Eibsee eigentlich für Strömungsverhältnisse? Müssten schon kräftige da sein, wenn sie bis zu dieser Insel geschwemmt worden ist. Oder ist sie vielleicht gar nicht hier vor dem Hotel verunglückt?

Ich stehe immer noch in meinen nassen Klamotten in meinem Zimmer und starre aus dem Fenster. Es klopft und Tanja kommt rein.

„Du bist ja noch gar nicht umgezogen. Ist was?"

„Ach, ich habe so ein blödes Gefühl im Bauch. Ich habe sie gestern Abend noch gesehen."

„Sabine, bitte langsam. Ich verstehe dich nicht."

„Sie hat - da unten vor dem Saal - wild getanzt und war ziemlich blau. Ich hab noch gedacht, - Mädchen, pass auf. - So nah am Wasser ist - es - gefährlich."

„Und jetzt glaubst du, du hättest was tun müssen?"

„Irgend-wie schon."

„Aber was? Runter gehen und sagen: Mädchen, du hast genug. Geh ins Bett. Die hätte dich für verrückt erklärt."

„Das hab ich mir auch - gesagt."

„Also, dann zieh dich endlich um. Die warten unten sicher schon auf uns."

Als wir runterkommen, sehe ich vor dem Eingang ein Polizeiauto mit Blaulicht auf dem Dach stehen, dahinter einen Rettungswagen. Im Saal sind sieben Stühlen in eine Reihe gestellt, auf den Tischen davor Gläser und Flaschen mit Wasser, uns gegenüber steht ein längerer Tisch mit zwei Stühlen.

Unser Bootsfahrer und die beiden Paare sind auch schon da. Herr Staudinger, der Empfangschef, bittet uns freundlich, doch Platz zu nehmen.

Die Türen zum See stehen weit offen. Die Tote liegt immer noch da, nur hat man mittlerweile eine Plane über sie gebreitet. Der Oberkörper ist allerdings frei. Eine Frau mit kurzem, grauem Haar kniet daneben, scheint die Tote genau zu betrachten. Wahrscheinlich eine Ärztin. Mit einer ärgerlichen Handbewegung scheucht sie die beiden Männer weg, die gerade mit einer Trage die Terrasse betreten.

„Noch fünf Minuten, dann könnt ihr sie haben."

Frau Gruber ist auch draußen, spricht mit einem hochgewachsenen Mann in Polizeiuniform. Jetzt schaut sie zu uns herein, sieht, wie wir alle brav wie Erstklässler auf unseren Stühlen sitzen und sagt:

„Sie sind alle da. Sollen wir hineingehen?"

Der Mann nickt, winkt der Ärztin zu: „Bis später" und beide kommen herein. Ich weiß nicht, ob es den anderen auch so geht, aber sobald ich einer Ordnungsmacht gegenüberstehe, befällt mich ein leises Unbehagen. So wie früher im Religionsunterricht, wenn der Kaplan mich direkt ansah und irgendeine Frage stellte.

Hat wahrscheinlich damit zu tun, dass ich mit der Geschichte der Erbsünde groß geworden bin, die dem Menschengeschlecht ja Dank Adam und Eva mit der Geburt mitgegeben ist. Lächerlich, ich weiß. Aber so ist es immer noch, obwohl ich ja im Beruf mittlerweile oft in solchen Situationen war. Frau Gruber, die in der Zwischenzeit ein dezentes, schwarzes Kleid angezogen hat, hält sie wohl für den Anlass angemessen, stellt uns den Herrn vor.

„Das ist Herr Aumüller, von der Polizeistation Garmisch-Partenkirchen, der von Ihnen den Hergang des Vorfalls genau beschrieben haben möchte."

Tanja flüstert mir zu:

„Sie hat Raureif auf ihre Stimme gelegt."

„Bitte, Herr Aumüller."

„Guten Tag, meine Damen und Herren. Ich bedaure, dass Ihr Urlaub durch ein solches Ereignis getrübt wurde. Doch zunächst einmal meinen herzlichen Dank, dass Sie so schnell hierhergekommen sind." Er hat eine sehr angenehme Stimme. „Wie Sie sicher verstehen werden, brauche ich von Ihnen die genaue Schilderung des Vorgangs, wie Sie die Tote gefunden haben und natürlich für das offizielle Protokoll auch Ihre Adressen."

Er legt eine braune Aktentasche vor sich auf den Tisch, holt einen kleinen Block und einen Kugelschreiber heraus und schiebt die Tasche zur Seite.

„Dann gehen wir am besten der Reihe nach vor, von links nach rechts. Ihren Namen bitte."

Unser Steuermann, den der Polizist angesprochen hat, kommt nicht dazu, etwas zu sagen, denn schon ist der Lederhosenmensch, der mittlerweile ganz in weiß gekleidet ist, als wolle er in See stechen, aufgesprungen.

„Ich habe die Tote zuerst gesehen, Herr Kommissar. Möglicherweise wären wir sonst vorbeigefahren, wenn ich sie nicht entdeckt hätte. Wünsch ist mein Name, Harald Wünsch, und die Dame neben mir ist meine Gattin, Frau Wünsch, Claudia Wünsch. Wir kommen aus Gelsenkirchen. Und die beiden neben uns sind Karl-Heinz und Brigitte Arnold aus Frankfurt."

„Danke, Herr Wünsch. Ich komme gleich zu Ihnen, aber lassen Sie mich bitte der Reihe nach vorgehen. Also zuerst Sie bitte, Herr Eidinger. Sie haben das Boot gesteuert und sind Mitarbeiter des Hotels, wie mir Frau Gruber sagte."

„Ja, richtig. Und es ist so, wie Herr Wünsch sagte. Wir sind langsam an der Insel vorbei gefahren, da hat er sie entdeckt und dann…."

Quälend ausführlich erzählt er die ganze Geschichte, meine Aufmerksamkeit ist bei dem, was draußen auf der Terrasse geschieht. Die Ärztin zieht jetzt die Plane hoch, streichelt das tote Gesicht, bevor sie es zudeckt. Sie steht auf, winkt den Männern, die am Rand warten und jetzt näherkommen. Sie stellen die Trage ab, wickeln die Plane um den leblosen Körper und legen ihn darauf. Sie nehmen ihre Last auf und verschwinden gefolgt von der Ärztin. Ihre Gummi-sohlen machen ein schamloses, quietschendes Ge-räusch auf dem Plankenboden. Was bleibt ist ein nasser Fleck auf dem Terrassenboden, ein letztes Zeichen, dass da einmal ein Mensch war. Mir ist zum Heulen.

Ein leichter Stoß in meinen linken Rippenbogen macht mir bewusst, dass ich mich lieber mal wieder dem aktuellen Geschehen zuwenden sollte. Tanja neben mir deutet mit einer leichten Kopfbewegung an, dass der Polizist mich wohl angesprochen hat. Er will meinen Namen wissen.

„Sabine Reichert."

Ich habe die ungeteilte Aufmerksamkeit der Anwesenden, Tanja einmal ausgenommen. Es kommt vor, dass ich hin und wieder meine Einschränkung der Sprache vergesse und los rede. Ich denke nicht immer dran, wie sich das anhört. Ich erzähle mühsam, dass mir die Tote einmal bei meinem morgendlichen Lauf am See begegnet ist, dass ich das Gefühl hatte, sie wolle mir was sagen, mir aber da nicht sicher bin und was ich an dem Abend von meinem Balkon aus auf der Terrasse beobachtet habe. Ich hoffe, er hat das Wesentliche verstanden. Notizen hat er sich gemacht und nickt mir zu.

„Danke, Frau Reichert."

An seinem Mienenspiel erkenne ich, dass ihm bewußt wird, wer ich bin. Mein Portrait und der Prozess waren ja nicht nur in der regionalen Presse ein Thema. Sein Dienstgesicht wechselt in das eines mitfühlenden Menschen. Wie mich das mittlerweile ankotzt.

„So, das wäre es fürs erste. Ich werde morgen mit jedem von Ihnen noch einmal einzeln sprechen müssen, vorher aber noch Verschiedenes klären. Ich hoffe, dass keiner von Ihnen morgen schon abreisen will. Sonst müssten wir das Gespräch heute Abend führen. Ich käme dann noch einmal hier raus zu Ihnen, wenn ich es für notwendig erachten sollte."

Herr Wünsch beteuert lebhaft, dass er und seine Frau trotz des schrecklichen Ereignisses noch bleiben werden, da es hier doch so unbeschreiblich schön sei, nicht nur die Landschaft atemberaubend, sondern auch das Hotel so besonders und er glaube, dass er da im Namen aller Anwesenden spreche. Er schaut uns der Reihe nach aufmunternd an. Natürlich nicken wir zustimmend.

„Wir wünschen Ihnen also einen schönen Feierabend, Herr Kommissar. Und wir freuen uns jetzt auf die Köstlichkeiten, die Ihr ausgezeichnetes Restaurant, Frau Gruber, heute anzubieten hat.“

Wie es scheint, sind wir jetzt eine geschlossene Gruppe, deren selbst ernannter Sprecher Herr Wünsch aus Gelsenkirchen ist. An einer solchen Rudelbindung habe ich allerdings nicht das geringste Interesse. Also schlage ich Tanja vor, dass wir rüber zum Biergarten gehen und mal sehen, was sie da anbieten. Sie ist einverstanden.

Als wir dort ankommen, werden wir vom Kellner freudestrahlend begrüßt. Tanja umarmt ihn sogar mit Küsschen rechts und Küsschen links. Auch eine Gruppe junger Leute von einem langen Tisch rechts vorne gleich an der Brüstung winkt uns lebhaft zu.

Einer ruft: „Hallo, Tanja." und macht mit seiner Hand das Zeichen für „Top". Aber ist das nicht genau der, mit dem die Tote gestern Abend getanzt und den sie später geküsst hat? Als er noch am Türrahmen stand, konnte ich sein Gesicht ganz deutlich sehen. Tanja winkt zurück:

„Hallo! Bis später". und steuert einen Tisch direkt vorne am Wasser an. Ist es hier ok, Sabine?"

Ich nicke und setze mich. Täusche ich mich oder herrscht allgemein eine gedämpfte Stimmung vor. Leises Gemurmel ist von den Tischen zu hören, nicht der sonstige Geräuschpegel. Ich denke der schreckliche Unfall ist überall das Thema. Aber mich interessiert im Augenblick etwas ganz anderes.

„Wer ist das?"

Tanja versteht meine leichte Bewegung mit dem Kopf nach hinten.

„Das sind ein paar übrig gebliebene von dem Fortbildungsseminar. Ich war abends immer mit denen zusammen."

„Und der Mann?"

„Das ist Thorsten. Mit dem war ich besonders zusammen."

Sie grinst. Das würde mich weiter nicht kümmern. Tanja und die Männer sind ein ständiges Thema, aber dass es ausgerechnet der ist, beunruhigt mich. Ich muss ihr erzählen, was ich gestern Abend beobachtet habe. Aus meiner Tasche krame ich meinen Block und den Stift raus. Es klappt zwar in den letzten Tagen besser mit dem Reden, aber wenn ich leise sprechen will, ist es immer noch kaum zu verstehen. Also schreibe ich: „habe ihn gestern vom Balkon aus gesehen. Er hat mit der Frau getanzt, die jetzt tot ist und sie haben sich geküsst."

Und schiebe ihr den Block hin. Sie liest und fängt an zu lachen.

„Und jetzt glaubst du, dass Thorsten vielleicht etwas mit dem Unfall zu tun hat. Nee. Ich erzähl dir alles, aber lass uns erstmal was zu essen bestellen. Mir hängt der Magen in der Kniekehle."

Sie ruft: „Bertl" und hebt die Hand. Als hätte er drauf gewartet, steht er schon neben uns.

„Die Karte oder dasselbe?"

„Dasselbe natürlich. Und du, Sabine?"

„Vielleicht auch dasselbe, wenn ich wüsste, was das ist."

„Kartoffelsalat mit Leberkäs und dazu ein Münchner Dunkel."

„Gut. Also dasselbe."

„Kommt sofort, meine Damen."

Tanja wartet, bis Bertl außer Hörweite ist, dann sagt sie:

„Wir haben uns gestern nach der Abschlussparty getroffen. Waren noch am See und danach auf meinem Zimmer. Er hat mir erzählt, dass er mit ihr getanzt und dass sie ihn geküsst hat. Sie ihn. Er wollte weder das eine noch das andere. Es kam ihm merkwürdig vor. Es wirkte so demonstrativ."

Wäre nicht die erste männliche Ausrede, die nicht so ganz der Wahrheit entspricht. Aber wenn ich an die Szene denke, war es schon so, dass sie ihn zu sich gezogen hat. Er hat sie beim Kuss auch nicht umarmt. Er ließ die Arme hängen.

„Hat er sonst noch was von ihr erzählt?"

„Nicht viel. Die mussten sich zu Beginn zwar alle vorstellen, aber nur mit ihren Vornamen. Aus Datenschutzgründen. Damit alle ungenierter über sich reden können.

In welchem Bereich sie beruflich tätig sind, wurde gefragt und warum sie sich speziell für dieses Seminar entschieden haben. Manche hätten ihr halbes Leben erzählt, aber sie hätte nur gesagt: ich habe in einer Bank gearbeitet. Soweit er sich erinnern kann, hätte sie ihren Job gekündigt und würde demnächst was Neues anfangen. Das Seminar sollte sie für die neue Aufgabe fit machen."

Bertl kommt und bringt uns das Essen. Ich bin kein großer Freund dieser regionalen Köstlichkeiten, aber heute Abend schmeckt es mir ausgesprochen gut. Auch das Bier. Über dem See liegt jetzt ein seltsames Licht, so, als käme es von sehr weit her. Die Wolkenbänder über den Bergen ringsum rahmen es ein. Kunstvoll wie ein Gemälde aus dem Barock, das schimmernde Blau-Grau des Wassers, leicht gekräuselt, das immer dunkler werdende Grün der Fichten, darüber die Felsen in unterschiedlichsten Grautönen. Dramatisch. Die richtige Stimmung für Trauer und Tod.

Bis jetzt haben wir immer nur von der Toten geredet, so als wäre sie ein Objekt. Sie hat doch sicher einen Namen.

„Hat dieser Thorsten gesagt, wie sie hieß"

„Was?"

Tanja nimmt eine große Portion Kartoffelsalat auf ihre Gabel und schiebt sie in den Mund. Sie kaut. Ich warte geduldig. Sie beim Essen zu stören, kommt einer Körperverletzung gleich. Noch ein kräftiger Schluck Bier, dann ist sie so weit.

„Sie hieß Toni. Mehr weiß er auch nicht. Warum interessiert dich das? Diese Toni geht uns doch eigentlich nichts an."

Da hat Tanja ohne Zweifel Recht, aber mich beschäftigt ihr seltsames Verhalten, als ich sie auf der Terrasse beobachtet habe. Je mehr ich darüber nachdenke, umso mehr habe ich das Gefühl, dass sie sich in Szene gesetzt hat. Aber für wen? Und wie sie ihren Lauf verzögerte, als wir uns am ersten Morgen am See begegnet sind. Als ich dachte, sie wolle mit mir reden. Kann eine Fehlschätzung meinerseits sein. Ihr Tod ist ein Unfall. Traurig, aber nicht mehr. Wenn nur nicht dieses komische Gefühl im Magen grummeln würde und das hat bestimmt nichts mit dem Kartoffelsalat zu tun.

„Wenn du dich mit diesem Thorsten und den anderen getroffen hast, war diese Toni da auch dabei?"

„Einmal. Die hatte es wohl nicht so mit den andern. Die haben sie immer nur die Diva genannt.

Sie hat kaum etwas erzählt, aber wir hatten alle das Gefühl, dass sie sich abends noch mit jemand trifft, der nicht zu uns gehört. Man, und wenn."

Der letzte Rest Kartoffelsalat wird von Tanjas Teller gekratzt, dann schaut sie auf meinen, der noch halb voll ist.

„Dein Besteck liegt schon auf zwanzig nach vier."

Das musste ich auch von Tanja lernen, dass dies für den Kellner das Zeichen ist, der Gast ist satt. Also schiebe ich ihr meine restliche Portion hinüber und schaue ihr zu, wie sie die genüsslich verspeist. Es amüsiert mich immer wieder, mit welcher Begeisterung sie sich dem Essen widmet. Davon bin ich noch ein gutes Stück entfernt. Aber ich bessere mich.

Die Lichter im Garten gehen an und auch der Geräuschpegel nähert sich wieder der Normalstärke. Ich mag die Dämmerung, wenn sie über den See hereinschleicht. Die verschiedenen Farben des Himmels, die das Wasser widerspiegelt. Das habe ich schon die Abende vorher auf meinem Balkon genossen. Und dazu passt ein Rotwein besser, als ein dunkles Münchner. Auch wenn es mir gut geschmeckt hat. Ich werde mir noch eine Flasche mit hinauf auf mein Zimmer nehmen.

„Tanja, sagst du bitte dem Bertl, er möge die Rechnung für unser Essen auf mein Zimmerkonto schreiben. Ich gehe rauf zu meiner stillen Stunde. Der Tisch hinter mir wartet sicher schon auf dich.“

„Das hoffe ich doch. Und du hast sicher nichts dagegen, wenn ich dort nochmal das Gespräch auf diese Toni bringe.“

„Wie kommst du denn darauf?“

Sie zieht ihre Augenbraue hoch.

Da kann einer sagen, was er will. Ein guter Rotwein ist schon ein besonderer Genuss. Besonders hier an diesem Ort. Ein Abend wie Samt, so weich und dieser besondere Geruch, der abends stärker ist als am Tag. Diese Mischung von Wald, Erde und Wasser. Zugegeben, ein bisschen Grillgeschmack ist auch dabei.

Wieviel Tage sind wir eigentlich schon hier? Ich habe keine Ahnung, welches Datum heute ist. Das ist mir schon lange nicht mehr passiert. Vielleicht sollte ich doch mal auf mein Handy schauen. Der 18. August.

Der Schreck fährt mir in die Glieder. Heute ist Pauls Premiere in Berlin und ich habe ihm nicht toi, toi, toi gewünscht.

Das ist unverzeihlich. Das hätte nicht passieren dürfen. Wie soll ich ihm das nur verständlich machen?
Habe heute eine Leiche gefunden, wird es wohl
kaum retten. Die Vorstellung dürfte gerade zu Ende
sein. Also schreibe ich „Tut mir leid. Hoffentlich ist
alles gut gelaufen. Erkläre dir morgen alles."

Vom Biergarten kommen noch Stimmen herüber.
Da ist wohl noch lange nicht Schluss. Ich gehe lieber
ins Bett. Wir wollen morgen die erste Bahn rauf zur
Zugspitze nehmen, in der Hoffnung, dass es oben
noch nicht so voll ist. Aber einen letzten Schluck
Wein gönne ich mir noch.

.-.-.

Als der Wecker klingelt, bin ich gar nicht mehr so davon überzeugt, dass das mit der ersten Bahn eine gute Idee ist. Ich konnte lange nicht einschlafen. Mein versäumtes toi, toi, toi ging mir nicht aus dem Kopf und wie Paul es aufnehmen würde. Noch mehr beschäftigte mich allerdings die tote junge Frau. Woher sie kam, wie sie mit vollem Namen hieß und ob da außerhalb des Seminars eventuell noch jemand war, mit dem sie sich traf. Aber wie Tanja richtig sagte: Was ging mich das an?

Als ich dann endlich schlief, träumte ich auch noch von ihr. Sie stand unten auf der Terrasse, schaute zu mir auf den Balkon hoch und rief mir etwas zu. Ich verstand es nicht, fragte immer: Wie bitte und sie wiederholte das Gesagte, das nach wie vor unverständlich blieb. Ich glaube, ich bin sogar mit einem lauten: wie bitte aufgewacht. Entsprechend unausgeschlafen fühle ich mich. Und so sehe ich auch aus, blass und mit Ringen unter den Augen. Ich versuche das durch ein bisschen Make-Up abzumildern.

Als ich unten ins Foyer komme, sehe ich Tanja im Gespräch mit Herrn Veit, einem der Rezeptionisten. Wie es scheint, hat sie das gleiche Problem wie ich, zu wenig Schlaf, allerdings sicher aus erfreulicheren Gründen als ich.

Auf jeden Fall hat sie die weiße Schminke, die sie für ihren besonderen Look braucht, heute Morgen besonders dick aufgetragen und auch an Lidschatten, Kajal und Wimperntusche nicht gespart.

„Guten Morgen, Frau Reichert, gut geschlafen?"

Ich muss nicht höflich lügen, denn der stets freundliche Mensch hinter dem Tresen redet sofort weiter:

„Ich habe es gerade schon Frau Schmied gesagt. Herr Aumüller möchte gerne heute Nachmittag mit Ihnen beiden sprechen. Ob Ihnen vier Uhr recht wäre, oder ist Ihnen später lieber? Weil Sie doch heute auf die Zugspitze rauf wollen? Frau Schmied hat gemeint, vier Uhr könnten Sie jedoch schaffen."

Wenn Tanja das meint, dann hat sie wohl da oben keine größeren Wanderungen vor oder gar die Absicht, den Abstieg zu Fuß zu machen. Dafür fehlt uns ja auch die notwendige Ausrüstung.

„Hier, Frau Reichert, die Fahrkarten für Sie beide."

Herr Veit hat offensichtlich die Karten für die Seilfahrt schon besorgt. Muss wohl Tanja in Auftrag gegeben haben.

„Ich wünsche Ihnen einen schönen Tag. Das richtige Wetter haben Sie sich ja ausgesucht.

Stören Sie sich nicht an der Wolke am Gipfel, die ist spätestens in einer Viertelstunde weg."

Es sind nur ein paar Schritte bis zum Startbahnhof. Ein leicht flaues Gefühl im Magen habe ich schon, als wir uns in die Schlange stellen, die sich vor dem Einstieg gebildet hat. Wenn ich zum Berg hochschaue und diese Seilbahn sehe, die auf der ganzen Strecke nur durch einen einzigen großen Stahlmast gehalten wird. Da beruhigen mich auch all die Superlative nicht, die uns schon die ganze Zeit, seitdem wir hier sind, begleitet haben: höchste Stahlbaustütze weltweit, größter Gesamt-Höhenunterschied, aber vor allem längstes freies Spannfeld. Sich dem anzuvertrauen, ist schon eine Mutprobe. Und das ist auch keine Gondel, sondern eine Großraumkabine und es sind ziemlich viele Menschen, die da rein wollen. Was das insgesamt wohl wiegt? Aber jetzt aufzugeben, wäre doch zu blamabel. Also schiebe ich mich, besser lasse ich mich von den Leuten hinter mir in diese Kabine schieben. Tanja hilft auch noch ein bisschen mit. Sie hat meine Hand genommen, zieht und platziert uns direkt vor die Glaswand, die bis hinunter zum Boden reicht, Und nicht nur diese hier, sondern ringsum gibt es nur Glas, wenn auch auf der anderen Seite durch die kunstvoll eingeritzten Linien des gesamten Bergmassivs unterbrochen.

Über mangelnde Aussicht kann ich mich nicht beklagen. Ich weiß nicht, ob ich das gut finden werde,
wenn wir uns gleich in Bewegung setzen. Es drän-
geln immer noch ein paar Menschen rein. Offensichtlich waren wir nicht allein mit unserer Idee, früh
aufzustehen. Ich komme mir ein bisschen so vor wie
in einer Riesen-Wäschetrommel, die sich aber Gott
sei Dank nicht dreht, sondern jetzt zu schweben be-
ginnt. Ich wollte schon immer wissen, wie sich ein
Vogel wohl fühlen mag, wenn er im ruhigen Flug
über der Welt gleitet. Ich bilde mir ein, ein bisschen
davon jetzt zu spüren. Die Aussicht ist atemberaubend. Dieses Rundum-Panorama. Der Eibsee liegt
schon ein gutes Stück unter uns, eingerahmt von
Bergspitzen in unterschiedlichsten Höhen.

Schon passieren wir den Stützpfeiler und danach
geht es kurz bergab. Da meldet sich doch ein leises
Kribbeln in meinem leeren Magen. Doch nicht nur
das, ich spüre plötzlich auch einen kräftigen
Schmerz an meinem linken Oberarm. Ich schaue hin
und sehe Tanjas rechte Hand, die sich an mir fest-
klammert. Sie selbst steht stocksteif neben mir und
hat die Augen zu. Doch jetzt geht es mit der Bahn
fast lautlos schon wieder bergauf und wenig später
fahren wir in die Gipfelstation ein. Für mich hätte
die Fahrt ruhig noch ein bisschen länger dauern können als zehn Minuten.

Alles drängt nach außen. Wir lassen uns Zeit. Die Hand an meinem Arm lockert sich, Tanja schaut mich an und sagt leise:

„Entschuldige. Höhenangst."

Ich muss gestehen, es tut mir gut, an Tanja auch einmal eine Schwachstelle zu entdecken, sie, die für mich alles im Leben immer so problemlos zu meistern scheint. Sie, die mir das Gefühl vermittelt hat, sie würde mich retten, sollten wir einmal einsam in der Wüste herumirren oder auf einer Eisscholle allein herumdümpeln. Mütterlich tätschele ich ihre Hand und frage:

„Was hältst du von einem Frühstück."

Sie nickt, sagt:

„Bayrische Brotzeit. Dort entlang."

Und geht los.

Wie es scheint, hat sie sich wieder gefangen. Ich folge ihr über eine große Terrasse, die rund um dieses Gebäude aus Glas und Stahl führt, das eher was von einem Flughafenterminal als von einer Bergstation hat. Ein Schild weist auf das Münchner Haus hin. Ein bisschen habe ich mich schon informiert.

Es gehört dem Münchner Alpenverein, steht schon lange hier und sollte zwischendurch auch schon mal abgerissen werden. Hat sich aber gehalten. Schließlich ist in dem Turm die höchste Messstation Deutschlands und an der Wand der höchst gelegene Briefkasten. Sieht ein bisschen verloren aus mit seiner alten Holzschindelverkleidung, neben all dem Stahl und Beton ringsum.

Die Außenterrasse ist noch Menschenleer. Hier sind wir also tatsächlich die Ersten und lassen uns an einem Tisch direkt am Geländer nieder. Rechts von uns leuchtet golden das Gipfelkreuz und vor uns breiten sich schiefergrau prächtige Bergmassive aus, wild gezackt und zerklüftet. Dahinter fern, sehr fern und nicht so fern reiht sich Berg an Berg. Großglockner, Ortler, Mamolada und wie sie alle heißen. Es nimmt kein Ende, bis alles im Dunst verschwimmt und die Grenzen zwischen Italien, Österreich und der Schweiz vermischt. Und darüber tiefblau der Himmel mit Wolkengebirgen von dunkelgrau bis schneeweiß. Wir sagen erst einmal nichts. Schauen nur.

„Weißwürste mit Brezel und zwei Bier, Sabine? Was hältst du davon?"

Wurde auch Zeit, habe mir schon Sorgen gemacht.

Mindestens eine Viertelstunde lang schweigen und das noch mit nüchternem Magen ist für Tanja normalerweise ein Unding.

„Gute Idee."

„Dann geh ich mal rüber zum Schalter."

Mir ist alles recht, wenn man mich nur hier sitzen und schauen lässt. Diese unendliche Weite.

„Und meine Seele spannte

weit ihre Flügel aus.

Flog durch die stillen Lande,

als flöge sie nach Haus."

„Uff", mit lauten Knall stellt Tanja das Tablett auf den Tisch, dass das Bier in den großen Krügen überschwappt und beendet abrupt meine Meditation mit Joseph von Eichendorff.

„Verdammt schwer, das Ding."

Sie lässt sich auf den Stuhl neben mir fallen, greift nach einem Krug und nimmt einen großen Schluck.

„Ach, tut das gut."

Da kann ich ihr nur zustimmen.

An dem Stimmengewirr in meinem Rücken merke ich, dass sich die Terrasse langsam füllt. Kein Wunder, da diese hoch technisierte Seilbahn ja ständig in Betrieb ist. Was habe ich gelesen? In diese beiden großen Kabinen passen 120 Personen und sie sind ständig gegenläufig in Bewegung, also können pro Stunde bis zu 580 Menschen auf diesen Berg kommen. Mir leuchtet nicht so recht ein, wieso man das angestrebt hat. Von Bergeseinsamkeit war ja da wohl kaum die Rede. Aber ich bin ja auch hier, was also will ich damit sagen? Dass ich diesen Moment genieße. Sehr egoistisch, aber menschlich. Wie hat meine Therapeutin gesagt? Den Moment festhalten, damit ich ihn abrufen kann, wenn es einmal wieder kritisch wird. Das ist ein solcher Moment, der durch eine laute Stimme jäh in sich zusammenfällt.

„Claudia! Brigitte! Schaut mal, wer da sitzt."

Ich verschlucke mich an meinem Bier, als freudestrahlend Harald Wünsch auf uns zukommt, heute zu seinen Lederhosen mit einem grünen Lodenjanker geschmückt, seine Frau und das Ehepaar Arnold dicht hinter ihm.

„Frau Reichert, Frau Schmied! Wie schön Sie hier zu treffen. Wir haben Sie gestern Abend beim Essen vermisst.

Schließlich sind wir doch seit diesem schrecklichen Erlebnis in gewisser Weise eine Schicksalsgemeinschaft. Der Tisch hier neben Ihnen scheint ja noch frei zu sein. Kommt, kommt, meine Lieben, setzen euch schon mal da hin. Ich hole uns was zu trinken. Bier für alle? Ist das ok"

Die Drei nicken und lassen sich neben uns nieder, nachdem auch sie ihre Freude darüber geäußert haben, wie schön es ist, dass man sich hier oben trifft.

„Wir wollten schon die ganzen Tage hier herauffahren, aber dann war immer irgendwas anderes. Aber heute musste es sein. Schließlich müssen wir übermorgen abreisen. Zu schade."

Frau Arnold seufzt. Ich werfe Tanja einen verzweifelten Blick zu, sie zuckt nur mit den Achseln und deutet mit einer Kopfbewegung auf ihren Teller, was heißt: ich frühstücke erst einmal in Ruhe zu Ende, Wünsch und Co. hin oder her.

„Frau Reichert, schauen Sie mal, was ich eben an dem Kiosk da hinten gefunden habe."

Herr Arnold beugt sich zu mir hin und streckt mir eine Zeitung, die uns jeden Tag eine Sensation ins Gesicht schreit, entgegen.

„Tragischer Unfall am Eibsee!" ist die Schlagzeile über einem Panoramafoto. Der Artikel darunter: Gestern hat sich in idyllischer Kulisse ein tödlicher Badeunfall ereignet. Antonia H. 28 Jahre jung aus Frankfurt, die zu einem Fortbildungsseminar im Eibsee-Hotel war, ist bei einer Bootsfahrt von Gästen tot im See aufgefunden worden. Ein Schock für die Betroffenen, unter denen sich auch die Frankfurter Detektivin Sabine R. befand, die sich vor Ort von einem beinahe tödlichen Angriff auf ihr Leben erholen wollte. Wir haben in den letzten Monaten ausführlich über die Tat und den Prozess gegen die Täterin und deren Sohn berichtet. Wie es zu dem Unfall kam, ist noch unklar."

Einspaltig, neben dem Text noch ein Foto von mir. Da ist es wieder, mein Gesicht in Druckerschwärze, das mich offensichtlich nicht loslassen will.

„Ich habe mich schon die ganze Zeit gefragt, woher ich sie kenne und woher Ihren Namen, als Sie den gestern dem Polizeibeamten nannten. Es hat mich ganz verrückt gemacht, weil es mir nicht einfallen wollte. Ach Gott, Sie Arme." Frau Arnold tätschelt mir mitfühlend die Hand. „Was Sie alles erleiden mussten. Und dann auch noch das gestern. Aber wahrscheinlich sind Sie ja an sowas gewöhnt."

In meinen Ohren fängt es an zu schwirren, ich höre die Stimme direkt neben meinem rechten Ohr wie aus weiter Ferne.

„Detektivin, wie kann man sich nur für so einen Beruf entscheiden. Also, für mich wäre das nichts. Wie siehst du das denn, Brigitte?"

„Entschuldigen Sie, aber wir haben noch was vor. Komm, Sabine."

Tanja steht auf, fasst mich an der Hand und zieht mich hoch.

„Einen schönen Tag wünsche ich" sagt sie, auch zu der zweiten Weißwurst, die noch auf ihrem Teller liegt. Sie zerrt mich von der Terrasse, wobei wir fast mit Harald Wünsch zusammengestoßen wären, der ein Tablett mit Gläsern vorsichtig balancierend trägt. Er stottert irritiert: „Aber wieso wollen Sie denn schon gehen? Wir sind doch gerade erst gekommen."

Tanja flötet ein: „Wir sehen uns später" und schon sind wir um die Ecke.

„Tief durchatmen!" höre ich es neben mir. „Tief durchatmen!"

Ich gehorche. Und mit dem Atem steigt etwas auf, was ich lange nicht mehr gespürt habe, außer einer schwachen Regung an dem Abend damals im „Diya. Wut. Sie laut hinausschreien, rausholen aus meinem Innern. Laut, mit meiner Stimme? Ich will meine Stimme wiederhaben. Ich will mich wiederhaben. Und ehe ich weiß, wie mir geschieht, stoße ich einen unartikulierten Schrei aus. Ich zucke zusammen, erschrocken über mich selbst, da höre ich neben mir Tanja mit schrillem „oaooao – eaeeae – iaiiiai." Die fassungslosen Gesichter von Harald Wünsch und Co. spüre ich deutlich in meinem Rücken, und auch die Mienen der anderen Gäste auf der Terrasse.

Tanja dreht sich um, ruft: „Nur keine Panik. Stimmübungen. Wir haben uns für einen Jodelkurs angemeldet." Dann leiser zu mir: „Wir sollten wohl doch besser die nächste Bahn runternehmen, bevor uns hier jemand mit der Zwangsjacke abholt."

Keine schlechte Idee, denn ich spüre, wie in meinem Innern unaufhaltsam ein Gelächter aufsteigt. Also nichts wie weg hier. Ich schaffe es bis um die nächste Ecke, bevor ein Lachkrampft mich schüttelt. Ich japse nur „Jodelkurs" und schon überfällt mich die nächste Lachsalve. Und was macht Tanja? Macht mit. Hätte mich auch sehr gewundert, wenn dem nicht so gewesen wäre. Wir können nicht aufhören.

Wenn eine von uns es schafft, sich zu beruhigen, reicht ein Blick der anderen und wir fangen mit dem Gelächter wieder an. In der Kabine der Seilbahn quetschen wir uns bis zur Rückwand durch, schauen krampfhaft durchs Fenster auf die sich entfernende Zugspitze und sind uns sicher, dass die Nahestehenden sehr verunsichert sind, weil wir seltsame, unterdrückte Laute ausstoßen und vor uns hin beben.

Noch Stunden später auf meinem Balkon überfällt einen von uns völlig unmotiviert ein Lachanfall. Sicher ist der Prosecco nicht ganz unschuldig daran und Tanja provoziert es zusätzlich mit den verschiedensten Versionen von „Holladiholladideldü", aus dem Sketch von Loriot. Eigentlich hätten wir jetzt ja einen Termin mit Herrn Aumüller, aber er ließ uns, als wir zurückkamen, durch den Rezeptionisten fragen, ob uns auch morgen früh um zehn Uhr Recht wäre. War uns mehr als Recht. Ich weiß nicht, wie das Gespräch verlaufen wäre, bei unserer anhaltenden Albernheit. Diese Blödelei fühlte sich so gut an, eine Erinnerung an die Normalität.

Leider stört das Signal des Geschäftshandys unseren vergnügten Nachmittag. Tanja hält mir fragend das Display hin. Eine Nummer, die ich nicht kenne. Name wird nicht angezeigt. Ich schüttele den Kopf.

Ich will mir doch meine gute Stimmung nicht durch eine Anfrage verderben lassen, die ich sowieso wieder ablehnen werde. Also bekommt der Anrufer die altbekannte Ansage, dass ich zurzeit noch nicht wieder arbeitsfähig bin und er sich zu einem späteren Zeitpunkt wieder melden könne. Tanja lässt sich allerdings nicht davon abhalten, das Telefon laut zu stellen, um zu hören, wer denn da was von uns will. Ein gewisser Herr Holtkamp sagt, er müsse mich unbedingt sprechen. Es sei sehr dringend und er brauche meine Hilfe. Eine Männerstimme, die sich etwas eigenartig anhört, so als hätte der Mensch Mühe zu atmen. Und sein „Bitte, rufen Sie mich zurück" ist kaum zu verstehen.

Ich hatte mir gerade ein weiteres Glas Prosecco eingeschenkt, da meldete sich das Handy wieder. Dieser Herr Holtkamp will es offensichtlich erzwingen. Da hilft alles nichts, da muss meine Sekretärin wohl etwas deutlicher werden. Sie schaut mich an und ich hebe zwei Finger. Das bedeutet, den zweiten Grad einschalten. Abnehmen und unterkühlt den Text des Anrufbeantworters nachbeten. Wir haben uns mit der Zeit ein nicht aufwendiges, stummes Verständigungssystem erarbeitet, wie dem jeweiligen Partner auf der anderen Seite der Leitung zu begegnen ist. Der Härtegrad ist fünf, der bedeutet, dass jeglicher erneute Kontaktversuch absolut unerwünscht ist.

Tanja nimmt ab, doch ehe sie überhaupt die Gelegenheit hat, ihren Namen zu sagen, sagt der Anrufer: „Börgel." Ich glaube, ich wäre nicht weniger geschockt, wenn direkt neben mir ein Meteor eingeschlagen wäre. Ich kann Tanja nur anstarren, sie sagt: einen Moment bitte und schaltet das Handy auf Pause, fragt: „Soll ich ihn abwimmeln?"

Ich bekomme mühsam ein „Nein!" heraus, das sie ihrer Miene nach anzweifelt, aber sie nimmt das Gespräch wieder auf.

„Entschuldigen Sie bitte, Herr Dr. Börgel, jetzt bin ich ganz für Sie da. Was kann ich tun?"

Ich höre die Stimme, die ich vor Jahren bei meinem ersten Fall gehört habe. Und wenn sich nichts Entscheidendes geändert hat, weiß ich auch genau, wo er telefoniert, in einem Wohnzimmer ganz in Weiß gehalten, mit einer großen Glasfront zu einem üppigen Garten hin und in dem überall Fotos des toten Sohnes stehen und sein Portrait in Öl über einem der drei Sofas hängt. Dieser Sohn, mit dem ich eine so seltsame, unbeschreibliche Nacht in Berlin verbracht habe, die in einer großen Verzweiflung endete. Und mit einem Mal ist wieder alles da. Der Schmerz, die ungeheure Trauer, aber auch die Erinnerung an dieses unsägliche Glück. Es ist doch schon drei Jahre her.

Warum ist diese Trauer denn immer noch so stark zu spüren? Es war doch nur diese eine Nacht. Ist es das Wissen, dass sich das nie wieder ereignen kann, dieses Erleben durch den Tod so endgültig vorbei ist?

„Richten Sie bitte Frau Reichert meine Grüße aus. Ich bedaure sehr, was ihr geschehen ist und ich verstehe vollkommen, dass sie ihre Geschäfte erst dann wieder aufnehmen möchte, wenn sie sich vollständig von den Ereignissen erholt hat. Ich bitte sie aber sehr herzlich, bei Herrn Direktor Holtkamp eine Ausnahme zu machen und sich auf ein Treffen mit ihm einzulassen. Er ist sich nicht sicher, ob der Tod seiner Tochter wirklich ein Unfall war. Frau Reichert war ja vor Ort und vielleicht ist ihr irgendetwas aufgefallen, was diese Annahme bestätigen oder widerlegen kann. Er ist ein sehr enger Freund von mir und ich möchte ihm gerne helfen. Er und seine Frau sind völlig verzweifelt. Ich habe Frau Reichert eindringlich empfohlen, gesagt, dass sie sehr fähig ist und sehr diskret arbeitet. Ich bitte Sie nochmals eindringlich, Frau Reichert, rufen Sie ihn an."

Tanja legt das Handy auf den kleinen Tisch. Sie sagt nichts. Ich auch nicht. Die Sonne malt glitzernde Schlieren auf die Wasseroberfläche des Sees.

Nach einer Ewigkeit greift sie zu ihrem Glas, trinkt den Rest in einem Schluck aus und stellt es wieder hin.

„Die Tote ist also Antonia Holtkamp und ihr Vater, Herr Direktor Holtkamp, Vorstandsvorsitzender einer uns nur allzu gut bekannten Bank, zweifelt. Wenn es kein Unfall war, was war es dann? Mord oder Selbstmord? Wieso beunruhigt ihn das derart, dass er dich einschalten will?"

„Das frage ich mich auch."

„Also rufst Du ihn an?"

„Der Fall macht mich schon neugierig."

„Gut so. Es gibt keine Zufälle, heißt es immer. Aber egal wie man es dreht und wendet, wir sind schon mittendrin in der Geschichte. Außerdem ist es vielleicht nicht die schlechteste Idee, wenn du wieder mal was arbeitest. Würde mir leidtun, wenn wir auf das hier mangels Masse verzichten müssten."

Sie klopft an das leere Glas. Ihr lakonischer Ton holt mich aus meinen dunklen Gedanken. Ich fühle mich verfolgt, sollte mich in einer unglaublich schönen Landschaft erholen und begegne dem Tod.

Und dieser Fall konfrontiert mich zu allem Übel mit einem ganz besonderen Ereignis in meiner Vergangenheit, das mich zutiefst verstört hat.

„Es ist gleich vier Uhr, Sabine. Der Kommissar wartet."

„Gut. Gehen wir."

Er sitzt schon auf seinem Platz im Saal und mit ihm bereits alle anderen aus unserer Schicksalsgemeinschaft, um mit Herrn Wünsch zu sprechen. Der Kommissar bittet uns, Platz zu nehmen.

„Darf ich Ihnen etwas zu trinken bestellen?"

Tanja übernimmt das für uns.

„Zwei Wasser wären nicht schlecht. Mit Sprudel, bitte."

Frau Gruber, die dienstbeflissen im Türrahmen steht, gibt das lautstark an ein junges Mädchen in Hoteluniform, die in ihrem Rücken wartet, weiter und kurz darauf werden uns die Getränke gebracht. Nahezu geräuschlos schließt sie von außen hinter sich die Tür. Der Kommissar lächelt uns an.

„Meinen Namen kennen Sie ja bereits und ich möchte Ihnen sagen, wie sehr ich die Unannehmlichkeiten bedaure, die Ihnen durch diesen Unfall entstehen. Ich hoffe vor allem, das Ihnen, Frau Reichert, dieses Vorkommnis nicht allzu sehr zusetzt. Aber sicher verstehen gerade Sie und auch Ihre Mitarbeiterin, dass ich zeitnah möglichst viele Informationen über die Tote brauche. Wenn Sie mir also bitte sagen, wann und in welchem Zusammenhang Sie Antonia Holtkamp begegnet sind, auch für den Fall, dass Sie sich wiederholen. Mich interessiert, ob Sie am Abend und in der Nacht, oder an irgend einem Tag vor diesem Ereignis, irgendetwas gehört oder gesehen haben, was mir weiterhelfen könnte."

Ich krame aus meiner Tasche den Zettel, auf dem ich all das aufgeschrieben habe, was ich ihm gestern schon gesagt habe und reiche ihn ihm über den Tisch. Er versteht es nicht gleich, liest den ersten Satz, schaut dann auf und nickt, begreift, dass ich sicher gehen will, dass er mein Gestammel von gestern richtig verstanden hat.

„Danke, Frau Reichert."

Dann ist Tanja dran, aber ich höre nicht zu. Sie wird ihm das erzählen, was sie mir gestern Abend im Biergarten gesagt hat. Ich schaue durch die weit geöffnete Saaltür hinaus auf das Wasser.

Die Sonne steht schon tiefer und legt die eine Hälfte des Sees in den Schatten. Die Gipfel der Bäume auf dem obersten Grat der Bergkette sehen aus, als wären sie aus Papier ausgeschnitten.

In tiefen Atemzügen sauge ich die Luft ein, die zu uns hereinweht und mit einem Mal überschwemmt mich ein Gefühl, das ich nur als Lust zu leben verstehen kann. Ja, in diesem Moment bin ich mir sicher, ich werde es schaffen und mich nicht länger in Ängste hineintreiben lassen.

Und als wir bei unserem Glas Prosecco auf meinem Balkon sitzen, sage ich: „Ruf morgen früh Herrn Holtkamp an und mach einen Termin aus."

Tanja sagt nichts, drückt nur meine Hand und hebt ihr Glas. Wir stoßen miteinander an und sehen weiter dem Abend zu, wie er langsam den See und die Berge umarmt.

.-.-.

Und dann komme ich zu meinem Treffen mit Herrn Holtkamp auch noch zu spät. Ich habe verschlafen. Wir waren gestern nach unserer Heimfahrt gleich bei Diya eingekehrt und hatten uns da regelrecht festgesessen. Das lag hauptsächlich an mir. Der Wunsch in mein altes Zuhause zurückzukehren, das ja dort so nah ist, stritt sich in meinem Innern mit dem Bedürfnis nach der Sicherheit meines Büros. Ich wollte mich nicht entscheiden und versuchte Hilfe, bei dem ein oder anderen Glas Rotwein zu finden. Was völlig blödsinnig war. Es führte nur zu Kopfschmerzen. Kein Wunder, gab es doch noch Nachwirkungen unseres letzten Abends am Eibsee. Der war auch noch recht feucht fröhlich gewesen. Tanja hatte entschieden, dass es jetzt genug sei mit der Beschaulichkeit des Balkons und mich mit an den Tisch ihrer Freunde geschleppt. War eine gute Idee. Ein paar Stunden ohne die Gespenster meiner Vergangenheit zu erleben. Das heißt natürlich wenig Schlaf in den letzten beiden Tagen, was man mir leider ansieht, wie ich beim morgendlichen Blick in den Spiegel feststellen muss. Aber es hilft alles nichts, Zeit für ein sorgfältiges, kaschierendes Make-up habe ich nicht mehr. Alles in Allem keine guten Voraussetzungen für ein konstruktives Gespräch.

Mein unzulängliches Äußere scheint den jungen Mann an der Rezeption allerdings nicht zu irritieren. Sein Lächeln, mit dem er mich begrüßt, wäre einer Königin würdig. Auch wenn ich es kaum für möglich gehalten habe, steigert sich die diensteifrige Freundlichkeit noch um ein Vielfaches, als ich ihm meinen Namen nenne und den Grund für meine Anwesenheit in dieser edlen Halle.

„Gnädige Frau, der Herr Direktor erwartet Sie bereits. Er bittet Sie, in den fünfzehnten Stock hinaufzukommen. Er hat auf der Dachterrasse unseres Restaurants einen kleinen Brunch für Sie vorbereiten lassen. Wenn Sie mir also bitte folgen wollen."

Mit einladender Geste führt er mich zu den Fahrstühlen. Ich folge Herrn Reese, seinen Namen kann ich auf dem kleinen Schild an seiner stilvollen Jacke ablesen, in seinem zielgerichteten Gang zum Lift. Während unserer trauten Zweisamkeit in der engen, glänzend lackierten Kabine auf der Fahrt nach oben erzählt er mir, wie sehr er es schätzt, in diesem Hotel tätig sein zu dürfen, wie harmonisch das ganze Team zusammenarbeite, was nicht zuletzt dem Direktor zu verdanken sei, der ihnen das Gefühl gebe, hinter ihnen zu stehen. Dann öffnet sich zu meiner Erleichterung die Tür und beendet die Lobeshymne auf seinen Arbeitgeber.

Ich überlege kurz, ob dieses Verhalten Bestandteil seines Arbeitsvertrages ist, da werde ich auch schon an einen Menschen weitergereicht, der offensichtlich auf uns gewartet hat und das gleiche teilnehmende Lächeln zeigt, wie sein Kollege.

„Herr Leonetti wird Sie zu dem Tisch führen, den Herr Direktor Holtkamp hat reservieren lassen. Leider ist er noch nicht da. Er wird aber sicher bald kommen. Er ist hier für seine Pünktlichkeit bekannt."

Die Fahrstuhltür schließt sich geräuschlos hinter mir und ich gehorche aufs Neue den Worten:

„Wenn Sie mir bitte folgen wollen."

Herr Leonetti legt ein Tempo vor, als müssten wir einen Hundertmeter-Lauf gewinnen. Ich kann ihm kaum folgen. Zeit, mich umzuschauen, bleibt mir nicht. Außerdem bin ich abgelenkt. Mich fasziniert ein golden schimmerndes Haar auf seinem Rücken, das so ganz und gar nicht zu seinem sonst so makellosen Outfit aus schwarzem Stoff mit goldenen Bordüren passt. Wie kommt es dahin? Von seinem dunklen, dichten Schopf kann es nicht sein. Sieht eher aus wie ein Frauenhaar. Besser, ich lasse das mit den nutzlosen Gedankenspielen und konzentriere mich auf das Gespräch, das vor mir liegt.

Mittlerweile sind wir an einem Tisch angekommen, der in einem Winkel des Restaurants steht. Mein beflissener Begleiter weist auf einen der vier Stühle hin, die um den Tisch herumstehen.

„Wenn Sie hier bitte Platz nehmen möchten. Die Herren lassen bitten zu entschuldigen, dass sie sich ein wenig verspäten werden. Sie sind jedoch bereits unterwegs. Darf ich Ihnen schon etwas bringen?"

„Ja. Gerne. Einen Kaffee, ohne Milch und Zucker und ein kleines Wasser mit Kohlensäure."

„Kommt sofort."

Er dreht sich um und enteilt, möchte ich sagen, um in seinem Duktus zu bleiben, samt dem glänzenden Frauenhaar auf seinem Rücken.

Die Herren? Wieso hat er im Plural gesprochen? Herr Holtkamp hatte doch ausdrücklich davon gesprochen, mit mir allein reden zu wollen. Deshalb sollte ich ihn auch nicht, in seinem Büro aufsuchen, sondern er hatte dieses Restaurant als Treffpunkt vorgeschlagen. Aber der Platz gefällt mir. Eine breite Fensterfront mir gegenüber gibt den Blick frei auf einen Großteil des Frankfurter Westens, eine beeindruckende Kulisse.

Zuerst die große Anzahl stilvoller Villen aus der Gründerzeit, dahinter die Bauwerke, die heute die Wahrzeichen Frankfurts sind: Bankentürme. Der im Moment weiß-blau gefleckte Himmel bildet den angemessenen Hintergrund. Es wundert mich, dass Tanja mich noch nicht hier hingelockt hat. So wie andere Menschen Briefmarken sammeln, sammelt sie neue Lokalitäten. Dieses Hotel mit seinem stylischen Dachrestaurant gibt es noch nicht allzu lange.

Der Service ist auf jeden Fall perfekt. Ich muss nicht lange warten, schon kommt eine junge, blonde Frau mit einem silbernen Tablett auf mich zu und stellt mir mit freundlichem Lächeln meine bestellten Getränke auf den Tisch. Ob ihr das Haar gehörte, das mich auf dem Rücken von Herrn Leonetti so beschäftigt hat? Sie weist auf einen weiß gedeckten Tisch hin, der links von mir an der Wand steht und auf dem verschiedene Leckerbissen angeordnet sind.

„Herr Direktor Holtkamp meinte, Sie würden sich gerne selbst bedienen. Sollten Sie irgendwelche Wünsche haben,, finden Sie mich dort hinten an der Bar."

Ich schaue ihr lächelnd nach und sehe, wie sie drei Herren zunickt, die festen Schrittes wie eine Phalanx auf mich zusteuern.

Der erste von links in dezentem Hellgrau mit schütterem Haar streckt mir seine Hand entgegen, verneigt sich knapp und sagt: „Holtkamp. Und das," er legt seine linke Hand auf den Oberarm des jungen Mannes neben sich, „ist mein Sohn Richard. Frau Reichert? Richtig?"

Ich nicke. Zu mehr bin ich nicht fähig. Denn der Dritte im Bunde ist Herr Dr. Börgel. Ich bin irritiert, das heißt, von Irritation kann nicht die Rede sein, sondern von Schock. Ich schnappe nach Luft. Was will er hier?

Was ist Liebe? Ich habe mir seit damals so oft diese Frage gestellt. Seltsame, sehr konkrete Bilder überfielen mich. Eins taucht immer wieder auf. Liebe als ein Würfel, der mir in den Weg geworfen wurde und oben ist die sechs. Aber was ist mit den anderen Augen auf diesem schwarzen, glänzenden Kubus? Sind sie weniger wert? Was ist mit Paul? Welche Nummer trifft auf ihn zu? Es blieb mir nicht genug Zeit, um es herauszufinden und doch konnte ich mir damals, in dieser Nacht in Berlin, nicht vorstellen, dass ich nur diese wenigen Stunden mit diesem Mann erleben durfte. Das hätte meine Vorstellungskraft überfordert. Er war so selbstverständlich notwendig.

Und jetzt schüttele ich die Hand seines Vaters, der meiner Meinung nach für den Tod seines Sohnes mit verantwortlich war, sitze mit ihm an einem Tisch und mache gepflegte Konversation, mit dem Herrn Minister außer Diensten, der mir meinen allerersten Auftrag als Detektivin erteilt hatte. Das ist schon drei Jahre her.

Er bedankt sich, dass ich mir Zeit für seinen Freund nehme, dem er kurz entschlossen seine Begleitung angeboten habe, da in dessen Situation jeglicher seelische Beistand hilfreich sei. Ich hätte doch sicher nichts dagegen. Er setzt mein Einverständnis wohl als selbstverständlich voraus, denn er wartet meine Antwort erst gar nicht ab, sondern redet gleich weiter.

„Herr Holtkamp möchte mit Ihnen reden, weil Sie schließlich so etwas wie eine Zeugin sind. Sie waren ja zur gleichen Zeit wie seine Tochter im Eibsee-Hotel und mit dabei, als man ihre Leiche fand. Was Herrn Holtkamp interessiert, ist, ob Ihnen irgendetwas aufgefallen ist, vielleicht auch vor diesem unglückseligen Tag. Irgendetwas, was sie irritiert hat. Und wer war denn außer Ihnen und Ihrer Sekretärin noch in dem Boot, als sie die Tote fanden?"

Wieso stellt er mir denn all diese Fragen. Es geht doch nicht um seine Tochter. Doch der, den es eigentlich betrifft, sitzt nur da, schweigt und starrt vor sich hin. Zugegebenermaßen sieht er erbärmlich aus. Blass und mit tiefen Augenringen, so als hätte er Tage nicht geschlafen. Was wahrscheinlich auch stimmt. Ich beschließe den auffordernden Blick von Herrn Dr. Börgel zu ignorieren und spreche mein Gegenüber direkt an.

„Herr Direktor Holtkamp, ich kann Ihnen leider nicht viel sagen. Ich habe mit ihrer Tochter persönlich nicht gesprochen."

„Sie haben nicht an dem gleichen Seminar wie meine Tochter teilgenommen?"

„Nein."

Sein Blick geht hin zu seinem Sohn, der ein hilflos klingendes „Aber" von sich gibt. Weiter kommt er nicht, weil ihm sein Vater mit einer harschen Handbewegung das Wort abschneidet.

„Wir waren nur zur gleichen Zeit im selben Hotel. Ich bin ihr einmal beim morgendlichen Lauf am See begegnet. Am Abend vor ihrem Tod habe ich sie allerdings länger beobachtet. Mein Zimmer lag im ersten Stock.

Von meinem Balkon aus konnte man ein Stück des Seminarraums sehen und die Terrasse davor, auf der sich die Teilnehmer zu einem Abschiedstrunk trafen. Ich saß mit meiner Mitarbeiterin bei einem Glas Wein lange draußen."

Ich erzähle ihn nichts von dem Kuss mit Thorsten, Tanjas Flirt. Ich möchte ihn nicht in die Geschichte mit reinziehen, zumal er ja gesagt haben soll, dass er selbst überrascht war. Für mich sah das Ganze ja auch nach einer spontanen Aktion ihrerseits aus.

„Und die Namen der anderen kann ich Ihnen nicht sagen. Da müssten Sier sich schon an die Polizei wenden…"

Er weiß sicher so gut wie ich, dass sie die ihm nicht sagen werden.

„Und kam es Ihnen so vor, als sei sie sehr betrunken gewesen?"

Schon wieder der Herr Minister außer Diensten. Er kann es nicht lassen.

„Soweit ich das von meinem Balkon aus beurteilen konnte, war sie, wie anscheinend auch alle anderen, nicht mehr ganz nüchtern. Ich muss allerdings zugeben, dass sie sehr exzessiv getanzt hat."

„Siehst du, Vater, ich habe es dir gesagt. Es war ein Unfall. Du kanntest sie doch. Hast oft genug erlebt, auf was für Ideen sie kam, wenn sie etwas getrunken hatte. Dass sie mitten in der Nacht schwimmen gehen wollte, ist mehr als denkbar. Hör auf, dich zu quälen."

Er tätschelt den Unterarm seines Vaters, der schiebt die Hand mit einem Geräusch, das aus der Mitte seines Körpers zu kommen scheint, unwirsch weg und schaut mich an.

„Dass ich das richtig verstehe. Sie haben mit meiner Tochter kein persönliches Wort gewechselt, haben keine Begegnung mit einer anderen Person bemerkt, die Ihnen merkwürdig vorkam und auch sonst ist Ihnen nichts Ungewöhnliches aufgefallen."

„Nein."

Er steht auf. Sein Gesicht, das sehr angespannt wirkte, als er kam, hat sich jetzt etwas geglättet.

„Dann sehe ich keinen Anlass, Ihre Zeit weiterhin in Anspruch zu nehmen. Entschuldigen Sie bitte, dass wir Sie hierherbemüht haben. Danke, dass Sie gekommen sind. Ihre Rechnung für dieses Treffen schicken Sie mir bitte an meine Privatadresse. Komm, Richard!"

Er streckt mir seine Hand zum Abschied hin, sie fühlt sich kalt und feucht an, dreht sich um und geht. Sein Sohn verabschiedet sich von mir mit einem kurzen, knappen Gruß und folgt ihm.

Wer mir bleibt, ist Herr Dr. Börgel und das ist mir mehr als unangenehm. Es gibt auch nicht die geringsten Anzeichen, dass er sich ebenfalls verabschieden will, sondern setzt sich wieder hin.

Das halte ich nicht aus. Ich kann mit diesem Mann nicht reden, als wären wir uns nicht Jahre vorher begegnet, als hätte ich ihm nicht geheime Staatspapiere wieder zurückgebracht, die sein Sohn entwendet hatte, um die Machenschaften seines Vaters publik zu machen. Zwischen ihm und mir ist so viel Unausgesprochenes geblieben. Ich habe noch so viele Fragen. Ich habe sie damals nicht gestellt und ich kann sie ihm heute noch weniger stellen. Es wäre auch müßig, er würde sie nicht beantworten. Er kann sie nicht beantworten, das wäre politischer Selbstmord. Und ob er es aushalten würde, sich einzugestehen, dass seine Machenschaften zu diesem Ende geführt haben, ist auch eher unwahrscheinlich. Wie kann man die Vorstellung ertragen, für den Tod des eigenen Sohnes mit verantwortlich zu sein.

Dass dieser nicht wie offiziell verkündet wurde, beim Surfen ertrunken ist, sondern umgebracht wurde, dieser geheimen Papiere wegen. Also schweige ich und er sagt auch nichts. Nach einer unendlichen Weile steht er endlich auf, streckt mir wieder seine Hand entgegen, die ich ja kaum verweigern kann und sagt:

„Danke."

Wofür?

Er geht, im Gegensatz zu Herrn Direktor Holtkamp mit festem Schritt zur Tür, bleibt stehen und redet mit Herrn Leonetti. Scheint etwas Heiteres zu sein. Beide lachen.

Nach Hause kann ich jetzt nicht. Ich brauche im Augenblick unbedingt einen Menschen, der mir hilft, mein Inneres aufzuräumen. Und dafür gibt es nur Tanja. Ich hole mein Handy heraus und wähle ihre Nummer. Schon nach dem ersten Klingeln hebt sie ab.

„Sabine? War es so schlimm?"

„Schlimmer. Ich muss reden. Bist du zu Hause?"

„Ja. Komm."

Bei Tanja zu Hause war ich noch nie, habe sie nur das ein oder andere Mal heimgefahren und sie vor der Haustür abgesetzt. Sie hat mich nie gefragt, kommst du noch für einen Schluck mit rauf? Hatte sicher auch damit zu tun, dass es reine Glückssache ist, in ihrer Gegend einen Parkplatz zu finden.

Tanja wohnt schon seit längerer Zeit im Bahnhofsviertel. Das ist ihre Welt. Für mich ist das nichts, zu hektisch, zu laut, zu viel verkorkste Existenzen. Nicht, dass ich das nicht auch faszinierend finde, diese krassen Unterschiede im Miteinander und Nebeneinander. Rotlichtviertel, Drogenszene und immer mehr und mehr Menschen, die Geld haben, sich in den Häusern schicke Wohnungen bauen zu lassen und es schick finden, in dieser Welt der Kontraste zu leben. Es ist sicher spannend dieses Leben einmal direkt aus der Nähe kennenzulernen, aber ich fühle mich dort nicht wohl. Nicht dass ich denke, es ist zu gefährlich, ich Angst hätte, mir würde etwas Schreckliches passieren. Diese Menschen verunsichern mich. Ich weiß nicht, wie ich mich ihnen gegenüber verhalten soll.

Das Haus, in dem Tanja wohnt, hat eine große Holztür, die schon bessere Zeiten gesehen hat. Der Lack blättert an vielen Stellen ab und das blanke Holz scheint durch.

Aber die Klingelanlage daneben sieht neu aus. Ich drücke auf den Knopf neben ihrem Namensschild und Sekunden später springt die schwere Tür mit einem leisen Klack auf. Muss ein ganz besonderer Mechanismus sein, denn ich muss kaum Kraft aufwenden, um den schweren Türflügel aufzustoßen. Ich höre Tanjas Stimme: „Aufzug links, fünfter Stock." Als das Schloss hinter mir einrastet, geht ein Licht an und ich stehe in einer großen Toreinfahrt, die zu einem Mini-Park mit sorgfältig gestutzten Hecken und drei mittelgroßen Bäumen führt, zwischen denen weiß gestrichene Bänke stehen. Das Ganze wird eingerahmt von verschieden gestalteten Fassaden, mit großzügigen Balkonen, die offensichtlich von Menschen mit Liebe zu den unterschiedlichsten Bepflanzungen gepflegt werden.

Ich kann nur staunen. Die schäbige Außenfassade des Hauses hat mich auf diesen Anblick nicht vorbereitet, und, ehrlich gestanden, habe ich mir Tanjas Zuhause so auch nicht vorgestellt. Entsprechend neugierig betrete ich einen gläsernen Fahrstuhl auf der linken Seite und drücke auf den silbernen Knopf mit der fünf. Fast geräuschlos setzt sich der Lift in Bewegung. Ich nehme mir fest vor, nicht allzu überrascht auszusehen, was mir offensichtlich nicht gelingt. Das sehe ich an Tanjas Grinsen, mit dem sie mich in der offenen Wohnungstür erwartet.

„Komm rein."

Ich fühle mich nicht wohl unter ihrem Blick und dem leisen, ironischen Lächeln in ihren Mundwinkeln, mit dem sie mich in einen hellen, weitläufigen Raum führt.

„Setz dich doch."

Ja, wo setze ich mich denn hin? In den blauen oder in den roten Sessel? Gemütlich sehen beide aus. Oder doch auf einen der elegant geschwungenen Stühle, die um einen Holztisch mit einer wunderbar gemaserten Platte stehen. Ich entscheide mich für den blauen. Tanja geht zu einem schmalen, hohen Möbelstück mit dezenter Innenbeleuchtung, in dem verschiedene Weine stehen.

„Was willst du trinken? Italienischen oder spanischen? Richtig, du magst ja Sizilianer."

Ich habe noch nichts gesagt. Mir fällt auch nichts ein. Die Rollen haben sich schlagartig geändert, nicht mehr die Angestellte und ihre Chefin, die an einem gläsernen Tisch Platz nehmen, sondern die Gastgeberin, die ihrem Gast Wein in ein geschliffenes Glas einschenkt.

„So, nimm erst mal einen Schluck."

Sie hat Recht, den brauche ich jetzt. Ich nehme gleich zwei.

„Und bevor du fragst, ja, die Wohnung hat mein Vater mir geschenkt. Er hat es sich etwas kosten lassen, mich von der Straße zu holen. Ich habe das Angebot natürlich kategorisch abgelehnt. Zwei Stunden lang. Dann ist mir klargeworden, dass ich das nicht durchhalten werde. Der Trotz war aufgebraucht. Mein Geld auch."

„Versuchung ist ein Parfum, das man so lange riecht, bis man die ganze Flasche haben will."

„Von wem ist denn diese Weisheit?"

„Von Jean Paul Belmondo."

„Kluger Mann."

„Sag ich doch."

Es braucht eine ganze Flasche Rotwein, bis ich alles einigermaßen sortiert habe, nachdem Tanja mich mit einem gewissen Besitzerstolz durch ihre Wohnung geführt hat. Natürlich weiß ich, dass sie schon seit Jahren hier wohnt. Aber ich hatte sie gedanklich in einer chaotischen WG angesiedelt und nicht in einem solchen Ambiente.

Dieses helle, großzügige Wohnzimmer mit dem breiten Balkon und Blick auf den kleinen Park, daneben das Schlafzimmer, lichtgrau lackierte Schrankwand, breites Bett mit blauer Überdecke, eine mit allen Raffinessen ausgestattete Küche zur Straße zu, mit freier Sicht auf ein Eros-Center, eine Bar und das übliche bekannte Treiben in diesem Viertel. Ich habe schon gelesen, dass das Bahnhofsviertel sich sehr verändere, dass es besonders für jüngere, vermögende Menschen chic ist, dort zu wohnen. Chic und teuer. Zu den vermögenden Menschen habe ich Tanja bis jetzt nicht gezählt. Dass ich auf diesen Gedanken nie gekommen bin. Und so jemand will Detektivin sein. Sie heißt doch Schmied mit Nachnamen. Wie der Vorsitzende eines internationalen Konsortiums. Verständlich, dass er seine Tochter mit solchen Geschenken bestechen kann.

„Aber jetzt zu den wichtigen Sachen. Wie war das Gespräch?"

„Darüber denke ich immer noch nach. Ein Gespräch war das eigentlich nicht. Eher eine Befragung. Es kam mir so vor, als wollten sie mich aushorchen, wissen, ob mir irgendetwas Ungewöhnliches aufgefallen sei.

Als die Herren gemerkt haben, dass es zwischen Antonia Holtkamp und mir keinen direkten Kontakt gegeben und ich mit ihr persönlich nie gesprochen habe, ist das Interesse an meiner Person auch sofort wieder erloschen."

„Ist ja in diesen Kreisen nicht ungewöhnlich, dass es Einiges gibt, das man lieber nicht an die Öffentlichkeit dringen lassen will. Schließlich hat sie bis vor kurzem in der Bank ihres Vaters gearbeitet, genau wie ihr Bruder."

„Wäre gut zu wissen, in welcher Position."

„Das krieg ich raus. Dürfte nicht schwer sein."

.-.-.

Diese offene Frage klärt sich noch am Abend des gleichen Tages. Als ich etwas weinschwer nach Hause komme, mit einer Flasche gaben sich unsere Gedanken nicht zufrieden, kommt mir an der Tür Herr Yielmaz schon entgegen.

„Gott sei Dank, dass Sie endlich da sind. Da wartet eine Dame schon zwei Stunden auf Sie. Eine Frau Holtkamp."

In einem der kleinen Sessel in der Loungeecke, die für wartende Gäste eingerichtet wurde, sehe ich eine schmale elegante Person, die mich fragend anschaut. Sie steht auf, als ich auf sie zugehe.

„Frau Reichert?"

„Ja."

Ich strecke ihr meine Hand entgegen.

„Tut mir leid, dass Sie so lange warten mussten. Aber ich wusste ja nicht...."

„Nein, nein, ich muss mich entschuldigen, dass ich so unangekündigt hier erscheine. Aber ich muss unbedingt mit Ihnen sprechen. Haben Sie einen Moment Zeit für mich?"

Sie ist blass, sehr blass und schwankt ein bisschen. Ich habe Angst, dass sie gleich zusammenbricht und fasse sie am Ellenbogen. Doch sie wehrt ab.

„Danke. Es geht gleich wieder. Es war wohl alles ein bisschen viel in den letzten Wochen."

„Möchten Sie ein Schluck Wasser?"

„Danke. Sehr freundlich. Aber der Herr dort hat sich schon sehr fürsorglich um mich gekümmert."

Jetzt erst sehe ich, dass auf dem kleinen Tischchen neben dem Sessel ein Glas und eine Karaffe Wasser stehen. Auf Herrn Yielmaz ist eben immer Verlass.

„Wenn es Ihnen recht ist, Frau Holtkamp, gehen wir zu mir hinauf. Kommen Sie."

Sie folgt mir zum Fahrstuhl, sagt nichts, als sich der Lift nahezu geräuschlos in Bewegung setzt, schweigt auch weiter, als wir hinauffahren. Sie schaut auf den Boden, hält ihre hellbraune Handtasche mit beiden Händen fest vor die Brust gepresst, als hätte sie Angst, ich wolle sie ihr wegnehmen. Sie bleibt auch stumm, nachdem sie sich in einen meiner kleinen Sessel gesetzt hat. Ich setze mich ihr gegenüber, lasse ihr einen Moment Zeit.

„Kann ich Ihnen etwas anbieten?"

Sie hebt den Kopf schaut mich an. Ihr leerer Blick ist kaum auszuhalten.

„Wenn Sie einen Cognac für mich hätten, würde ich ihn gerne annehmen."

Irgendwo in meinem Schrank muss noch eine ungeöffnete Flasche stehen. Ein Geschenk eines dankbaren Kunden aus lang vergangenen Zeiten. Bis heute hat niemand danach gefragt. Ich bin froh, etwas tun zu können, öffne die Flasche und schenke ihr ein Glas ein. Sie nimmt es und leert es mit einen Zug. Sie stellt es auf den Glastisch zwischen uns, öffnet ihre Handtasche, die sie bis jetzt immer noch fest umklammert auf ihrem Schoß festhält und nimmt ein kleines Büchlein heraus. Eines von der Sorte, die man auf Volksfesten oder Weihnachtsmärkten finden kann, mit Stoff beklebtem Einband und mit Applikationen in Blütenform. Zärtlich streicht sie ein-zweimal über die Vorderseite und öffnet es.

„Meine Tochter hat seit ihrer Kindheit Tagebuch geführt und sorgfältig darauf geachtet, dass keiner es sieht. Sie hatte ein gutes Versteck, wirklich ein sehr gutes. Aber ich habe es entdeckt, ihr es nie gesagt und auch nie darin gelesen. Erst jetzt nach ihrem Tod habe ich nachgeschaut."

Sie spricht monoton, hastig, als wolle sie es schnell hinter sich bringen. Ohne Pause.

„Sie hat viele davon aufgehoben. Das hier ist das letzte. Sie hat alles Mögliche hineingeschrieben, sogar Kommentare zu einigen geschäftlichen Sitzungen. Sie mokiert sich über das gockelhafte Gebaren des ein oder anderen, stellt des Öfteren Vergleiche mit einem Tier an. Sehr treffend. Ich habe einige erkannt. Und viele Slogans hat sie notiert." Sie blättert um. „Hier. Wichtigste Frage: ist der Wirtschaftsprüfer glücklich? Oder wer in einem silbernen Bett schläft, hat goldene Träume. Mit Geld kann man seine Lage verbessern, aber nicht seinen Charakter. Aber die letzten beiden Seiten sind voll mit einer Aneinanderreihung von seltsamen Zeichen. Ich kann mir keinen Reim drauf machen. Könnte es ein Code sein? Es muss sehr wichtig sein, sonst hätte sie es nicht reingeschrieben. Ich möchte, dass Sie es sich einmal anschauen. Vielleicht finden Sie heraus, was es bedeutet. Selbstverständlich gehe ich davon aus, dass dieses Gespräch und das, was Sie eventuell herausfinden, streng vertraulich behandelt wird."

Sie streckt mir das Büchlein entgegen. Ihre Hand zittert leicht. Ich nehme es zögernd entgegen und fühle mich nicht wohl dabei. Ich sehe Buchstaben dicht an dicht nebeneinander gedrängt.

Könnten ein Geheimcode sein. Aber warum sollte sie etwas so verschlüsseln? Und es in ihr Tagebuch schreiben, für dass sie ihr eigenes Versteck hatte? Wollte sie auf Nummer sicher gehen, falls es doch jemand finden würde. Was ja auch passierte.

„Frau Holtkamp, ich kenne mich mit Dechiffrierung nicht aus, habe aber eine Mitarbeiterin, die mir schon oft in kniffligen Situationen geholfen hat. Sie könnte ich um Hilfe bitten. Vielleicht gelingt es ihr auch diesmal das Rätsel zu lösen. Aber, wie gesagt, große Hoffnung kann ich Ihnen nicht machen."

„Und auf diese Mitarbeiterin können Sie sich verlassen?"

„Hundertprozentig."

„Dann bin ich einverstanden, dass Sie sie mit einbeziehen. Vielleicht hat es auch wirklich nichts zu bedeuten und es ist nur ein Spiel. Ein Gedankenspiel. Sie hat schon als Kind gerne mit Sprache gespielt. Sie und ihr Bruder haben sich Briefe in einer von ihnen erfunden Geheimsprache geschrieben. In der Kindheit waren sie eine verschworene Gemeinschaft, die sich oft gegen mich und meinen Mann gestellt hat.

Sie haben eine Phantasiefamilie erfunden, fest behauptet, sie seien von ihren wirklichen Eltern geraubt worden und wir seien nur ihre Zieheltern, die sie auf keinen Fall Mama und Papa nennen würden. Also haben sie uns andere Namen gegeben. Die konnten sich von ein auf den anderen Tag ändern."

Ihr Gesicht hat sich, während sie erzählte, völlig verändert. Ihre Mimik ist sehr lebhaft geworden und jetzt lächelt sie still vor sich hin. Ich betrachte sie interessiert. Sie hebt den Blick, schaut mich an und richtet sich gerade auf.

„Und klug, war sie. Sehr klug. Mein Mann hat sie sehr früh schon in seine Arbeit eingeweiht, wollte sie an seiner Seite haben. Aber seit zwei Monaten arbeitet sie nicht mehr in der Bank. Sie hat gekündigt. Was meinen Mann sehr schockiert hat. Er war ganz und gar nicht damit einverstanden. Er hat sie sehr geschätzt und sich für sie eine internationale Karriere erträumt. Mein armer Sohn, der auch im Unternehmen arbeitet, wird sich sehr anstrengen müssen, um gleicherweise von seinem Vater geschätzt zu werden. Erst vor kurzem ist er aus England zurückgekommen.

Er hat zwei Jahre in London bei einer Bank, mit der unser Haus sehr eng verbunden ist, gearbeitet, sich seine Sporen verdient, wie mein Mann sagt."

„Warum hat Ihre Tochter denn gekündigt, wenn das eine so verheißungsvolle Position war?"

„Sie hat nur gesagt, ich habe meine Gründe. Mit meinem Mann hat sie wohl darüber gesprochen. Ich kam vor zwei Wochen nach Hause, da kam sie mir an der Türe entgegen, was heißt: kam, sie stürmte geradewegs an mir vorbei. Sagte nur: "Ich brauche frische Luft" und weg war sie. Ich habe dann meinen Mann gefragt, was los gewesen sei. „Sie hat mal wieder ihre Weltverbesserungsideen. Du kennst sie ja. Sie beruhigt sich schon wieder."

„Und? Hat sie sich beruhigt?"

„Dass sie sich für das Führungsseminar am Eibsee angemeldet hat, spricht eher nicht dafür. Sie wollte von der Wirtschaft zur Staatsanwaltschaft wechseln. Hätte sie das bloß nicht getan, dann würde sie noch leben."

„Wie darf ich das verstehen?"

„Dann wäre sie nicht zu diesem Seminar gefahren."

Sie fängt an zu weinen.

„Kann ich bitte noch einen Schluck Cognac haben?"

„Aber gerne."

Ich schütte nach, einen etwas größeren Schluck, den sie genauso wie den ersten mit einem Zug runterschluckt.

„Und was kann ich für Sie tun?"

Sie schreckt hoch, sieht mich an. Ihr Blick ist jetzt sehr fest.

„Ich muss wissen, was passiert ist. Ob es wirklich ein Unfall war. Es gab so ein paar Besonderheiten. Mein Mann war sehr unruhig in letzter Zeit, brauste sehr schnell auf, was ich von ihm so nicht kenne. Und ich kenne ihn gut. Wir sind 35 Jahre verheiratet. Aber wenn ich ihn doch nicht so gut kenne? Manchmal hatte ich das Gefühl, er hat Angst."

Wenn ich daran denke, wie er sich im Gespräch verhalten hat, könnt man schon zu dem Schluss kommen.

„Frau Holtkamp, Sie wissen, dass ich mich eben mit ihrem Mann, ihrem Sohn und Herrn Dr. Börgel getroffen habe?"

„Ja, sicher. Hat er Ihnen den Auftrag erteilt, weiter über Antonias Tod zu forschen?"

„Nein. Er ist wohl der Ansicht, dass ich nicht die richtige Person bin, ihm da weiterhelfen zu können."

„Er würde so gerne glauben, dass es ein Unfall war. Einen gewaltsamen Tod mag er sich nicht vorstellen. Mein Sohn und Herr Dr. Börgel bestärken ihn in der Meinung. Aber ich will Gewissheit. Deshalb bitte ich Sie, sich weiter mit dem Unglück zu beschäftigen."

Frau Holtkamp nimmt aus ihrer Tasche ein Taschentuch heraus, putzt sich die Nase, steckt es zurück, zieht aus einer Außentasche auf der Vorderseite einen Zettel und reicht ihn mir. Sie steht abrupt auf.

„Ich habe von den entsprechenden beiden Seiten eine Fotokopie gemacht und nehme an, dass Sie damit arbeiten können. Wenn Sie mir dann bitte das Büchlein zurückgeben."

Die Stimme klingt jetzt sehr gebieterisch. Ich folge umgehend ihrer Aufforderung.

„Ich höre ja von Ihnen, falls Sie irgendwas entziffern können. Das heißt, ich rufe Sie an. Und, bitte, reden Sie außer mit Ihrer Mitarbeiterin mit keinem anderen Menschen darüber. Ich möchte den Wunsch meiner Tochter, es geheim zu halten, so weit wie möglich respektieren. Danke, dass Sie sich Zeit für mich genommen haben."

„Eine Frage noch. Haben Sie diese Notiz Ihrem Mann gezeigt oder der Polizei?"

„Nein! Zunächst möchte ich Klarheit in dieser Sache haben. Danach werde ich entscheiden, was damit geschehen soll.""

Sie geht ohne ein weiteres Wort zur Tür, sagt auch nichts, als wir im Lift nach unten fahren, nickt Herrn Yielmaz, der von seinem Stuhl hinter dem Tresen eifrig aufspringt und die Tür für sie öffnet, lächelnd zu und sagt: „Meinen herzlichen Dank für Ihre Freundlichkeit. Es hat mir sehr geholfen."

Draußen steht ein dunkles Auto mit abgeblendetem Licht. Sie geht zielsicher darauf zu. Ein Mann im dunklen Anzug steigt aus und öffnet mit einer Verbeugung die hintere Tür. Sie steigt ein und die Tür wird geschlossen. Kurz darauf fährt der Wagen fort.

Ich liege im Bett und kann nicht einschlafen. In mir ist eine seltsame Unruhe. Nicht nur wegen der seltsamen Zeichen in Antonia Holtkamps Tagebuch. Irgendetwas an den Begegnungen des heutigen Tages irritiert mich nachhaltig. Wenn ich nur wüsste, was. Es ist wie bei einer Magenverstimmung, wenn ich da genau darüber nachdenke, was ich gegessen habe, und ein Gericht stößt mir unangenehm auf, weiß ich, was schuld an meinem Unwohlsein ist.

Die letzten Jahre haben mir gezeigt, dass ich diesem Gefühl auch beruflich vertrauen kann.

Ich gehe alles noch einmal Schritt für Schritt durch. Das Gespräch mit den Herren Holtkamp und Börgel, das Gefühl, dass dieses Treffen nur den Grund hatte herauszufinden, ob ich etwas Ungewöhnliches, oder Verdächtiges bemerkt hätte und wie schnell das Interesse für meine Person erlosch, als klar wurde, dass ich nicht an dem Seminar teilgenommen und keinen persönlichen Kontakt zu Antonia Holtkamp hatte. Das Verhältnis zwischen Vater und Sohn beschäftigt mich. Zum Besten scheint es damit nicht zu stehen. Mit welcher harschen Geste Herr Holtkamp die Hand des Juniors von seinem Oberschenkel wischte, wie ein lästiges Insekt und dessen Reaktion. Die Miene eines verletzten Kindes, möchte ich sagen. Und wie eifrig er seinem Vater folgte, als der ihn beim Abschied heranpfiff. Ich werde sein Gesicht nicht los.

Geheimschrift habe ich auch schon mal benutzt. Ist lange her. Da muss ich vierzehn oder fünfzehn gewesen sein.

Es war für mich klar, dass meine Mutter sich nicht an mein Gebot: Lesen verboten, das auf dem Umschlag meines Tagebuches stand, halten würde:

Also blieb mir nichts anderes übrig, als irgendeine Geheimschrift zu erfinden. War nicht schwer. Neben mir saß Anna in der Bank, die mit ihrer besten Freundin Franziska nur so kommunizierte. Ich habe sie gefragt und sie hat mir einen Tipp gegeben. Jedem Buchstaben eine Zahl zuordnen. Natürlich durfte man nicht von A bis Z durchnummerieren. Das war zu simpel. Wenn ich mich recht erinnere, habe ich das Alphabet in vier Gruppen aufgeteilt. Ich weiß noch, dass der Ansatz der Entschlüsselung das Wissen ist, dass das E in der deutschen Sprache der am häufigsten benutzte Buchstabe ist. Ich habe nicht das Gefühl, dass mir diese Information weiterhelfen kann, denn auf der Fotokopie von Antonia Holtkamps Tagebuch sind Buchstaben und keine Zahlen. In diesem Buchstabengewirr kann ich überhaupt keinen Sinn erkennen. ssssSsaah Ssaah-HaaHasseeyhassay seyythaa Hatheeey Ssssaytha.

Ich kann nur auf Tanjas Kombinationsfähigkeit vertrauen. Ich werde sie morgen früh gleich anrufen und sie bitten ins Büro zu kommen. Jetzt bin ich einfach nur müde.

.-.-.

Aber ich komme nicht gleich am nächsten Morgen dazu, denn um halb acht weckt mich mein Telefon. Herr Kaufmann teilt mir mit, dass Herr Kommissar Aumüller von der Polizeistation Garmisch-Partenkirchen mich sprechen möchte. Ungewaschen und nicht besonders stilvoll gekleidet fahre ich runter und finde meinen Überraschungsgast an dem Platz, an dem gestern Frau Holtkamp auf mich gewartet hat. Vor ihm auf dem kleinen Tischchen steht eine Tasse Kaffee. Mich plagt mein Gewissen. Im Augenblick strapaziere ich die Höflichkeit des Hauses etwas zu sehr. Ich könnte Schwierigkeiten bekommen. Es ist also besser, wir fahren hinauf in mein Büro. Einen weiteren Kaffee kann ich ihm dort auch anbieten. Er nimmt gerne noch einen.

„Ich habe aber keine Milch im Haus."

„Ich trinke ihn gerne schwarz, mit ein bisschen Zucker bitte."

Ich schaue meiner Kaffeemaschine zu, während sie ihre Arbeit tut und überlege, was bedeutet dieser unangekündigte Besuch in aller Frühe. Der Herr Kommissar lässt sich Zeit, es mir zu erklären. Er steht vor der großen Fensterfront, bewundert den Ausblick, die Sicht auf die Stadt und darüber hinaus bis zum Taunus und wie geschmackvoll dieser Raum gestaltet ist.

Wann kommt er endlich auf den Punkt? Schließlich setzt er sich in einen der Sessel, die um meinen kleinen Tisch herumstehen. Ich stelle Tasse und Zuckerdose vor ihn hin und setze mich ihm gegenüber.

Er sagt immer noch nichts, betrachtet Kaffee und Zucker, als überlege er ernsthaft: nehme ich Zucker oder nicht. Dann hat er sich wohl entschlossen. Er nimmt drei gehäufte Kaffeelöffel. Ich bin versucht zu sagen: das ist zu viel, kann mich aber zurückhalten. Er rührt vorsichtig um, nimmt einen Schluck Kaffee und schaut mich an.

„Entschuldigen Sie bitte, dass ich Sie so überfalle, aber wir haben nach Überprüfung der Strömungsverhältnisse am Eibsee festgestellt, dass es unwahrscheinlich ist, dass Frau Holtkamp von der Terrasse gestürzt ist und dorthin getrieben wurde, wo Sie sie gefunden haben. Es lässt eher darauf schließen, dass sie in der fraglichen Nacht noch hinaus auf den See gefahren ist. Ein Mitarbeiter des Bootsverleihs hat am späten Abend eine Frau im weißen Kleid gesehen, die ein Boot ins Wasser geschoben hat. Es sei noch eine andere Person dabei gewesen, die er aber in der Dunkelheit nur schemenhaft gesehen habe. Der Silhouette nach ein Mann, meinte er. Alle Boote waren am Morgen wieder an ihrem Platz.

An einem haben wir Fingerabdrücke von Antonia Holtkamp gefunden und andere, die wir bisher noch nicht zuordnen können. Die können natürlich schon ein oder zwei Tagen früher entstanden sein, da leider noch nichts erfunden wurde, mit dem sich der genaue Zeitpunkt des Abdrucks bestimmen lässt. Nach dem heutigen Stand der Wissenschaft können wir heute nur grob schätzen, ob er älter oder jünger als eine Woche ist. Immerhin ist das der Zeitraum, der uns interessiert.

Die Daten einiger Teilnehmer des Seminars, der Hotelgäste, die zur fraglichen Zeit dort waren, liegen uns vor, auch Ihre und die Ihrer Mitarbeiterin. Was jetzt noch zu prüfen ist, sind die Teilnehmer, die schon am frühen Morgen abgereist sind. Sie werden erkennen, dass diese Suche nicht sehr erfolgversprechend ist, da das Boot ja für jeden zugänglich war, der sich im Hotelbereich aufhielt. Deshalb wollen wir alle noch mal befragen, ob einer von Ihnen am Abend, in der Nacht oder an den Tagen vorher Frau Holtkamp mit jemandem gesehen hat, den sie vorher noch nicht bemerkt hatten. Frau Holtkamp ist eindeutig ertrunken. Das hat die Obduktion ergeben. Ich kann Ihnen das sagen, weil sie ja von dem Vater des Opfers beauftragt wurden, ebenfalls nach den Todesumständen zu forschen. Es gibt keine Anzeichen von Fremdeinwirkung.

Einer Prellung im unteren Bereich des Oberkörpers ist noch nicht geklärt, kann von der Bordkante stammen und beim Sturz ins Wasser entstanden sein, könnte aber auch von einem Stoß mit dem Ruderblatt stammen. Das wird noch geklärt werden. Ich warte auf das Ergebnis."

Ich möchte ihm ja gerne etwas Hilfreiches sagen, auch diese merkwürdige Unruhe in meinem Innern loswerden, herausfinden was diese in mir ausgelöst hat. Aber wie das anstellen? Mit dem Kaffeelöffel kratzt er den Zucker vom Tassenboden und leckt ihn ab.

„Entschuldigung, eine dumme Angewohnheit."

Er legt das Löffelchen auf die Untertasse und steht auf.

"Danke für den Kaffee. Ich muss gehen, habe Sie lange genug aufgehalten. Höchste Zeit für mich. Ich habe noch einen Termin bei einem befreundeten Kollegen hier in Frankfurt. Aber ich wollte Ihnen den Stand der Untersuchungen gerne persönlich mitteilen und sie sehr herzlich bitten, noch einmal die Zeit, die Sie am Eibsee verbracht haben, genau durchzugehen. Vielleicht gab es doch irgendetwas, was Sie irritiert hat.

Hier", er greift in die Innentasche seines Jacketts und holt eine Visitenkarte heraus. „meine private Telefonnummer. Sollte Ihnen etwas einfallen, rufen Sie mich bitte an. Darf auch nachts sein."

Er hat ein nettes Lächeln. Wir geben uns die Hand und ich hole den Aufzug für ihn herauf. Dass ich ihn nach unten begleite, hält er für überflüssig.

Höchste Zeit, Tanja anzurufen. Anscheinend habe ich sie geweckt. Sie hält es für besser, ich mache für sie einen screenshot von der Fotokopie und maile ihn ihr, anstatt dass sie zu mir ins Büro kommt.

„Ich muss erst einmal ausschlafen. So früh am Tag funktioniert mein Gehirn noch nicht."

Was fange ich jetzt mit dem Rest des Tages an? Ich könnte im Internet nachschauen, wie die Kritiken von Pauls Premiere ausgefallen sind. Dazu muss ich mich immer überwinden. Er reagiert sehr empfindlich, wenn sie negativ sind und es braucht lange, bis er die abhaken kann. Während dieser Zeit ist das Zusammenleben mit ihm nicht leicht. Er zieht sich dann zurück und ist kaum ansprechbar. Dass er sich noch nicht gemeldet hat, ist kein gutes Zeichen. Soll ich ihn anrufen oder ihm Zeit lassen? Was ist richtig? Was solls. Ich versuche es einfach.

Der Anrufbeantworter springt an und sofort mein Gedankenkarussell. Schläft er noch. Und wenn, wo und mit wem? Ich hasse mich dafür. Da hilft nur eins: ablenken. Am besten geht das bei mir mit Fensterputzen, das ist zu Hause hilfreich. Aber bei dieser riesigen Fensterfront nicht möglich. Bleibt also nur, den Schreibtisch aufzuräumen. Doch das ist schnell erledigt, habe ja seit zwei Monaten nicht mehr gearbeitet. Bleibt nur, spazieren zu gehen. Und das mache ich ausgiebig. Ich bin zwei Stunden unterwegs und beschließe, das öfter zu machen, denn ich fühle mich gut. Doch ich weiß ja, was von meinen guten Vorsätzen zu halten ist.

Als ich nach Hause komme und gerade die Tür aufschließe, klingelt das Telefon. Paul! Endlich. Aber es ist Tanja.

„Ich glaub, ich habs. Ich habe herausgefunden, welche Schrift sie benutzt hat. Es war nicht besonders kompliziert. Jetzt fängt die Puzzlearbeit an. Aber ich denke, ich krieg das hin. Die ersten Sätze habe ich schon."

„Was? Ist ja irre."

„Sie schreibt von einem Gespräch mit einem gewissen Charly."

„Sagt mir nichts. Der Name ist noch nicht aufgetaucht. Ruf mich an, wenn Du mehr weißt."

„Ich denke ich brauche noch ein paar Stunden. Bis morgen Abend könnte ich es schaffen. Danach hab ich bestimmt Hunger."

„Das heißt, so gegen acht Uhr bei Diya?"

„Könnte klappen. Falls nicht, sage ich dir Bescheid."

Charly. Könnte sich um etwas Privates handeln. Wahrscheinlich stellt sich die ganze Arbeit als nutzlos heraus. Nutzlos. So komme ich mir im Moment auch vor. Was fange ich mit meinem Leben an? Die Detektei weiterführen oder etwas ganz Neues beginnen? Und wie wird es mit mir und Paul weitergehen? Eins ist klar. Ich muss in meine Wohnung zurück, mein Leben wiederfinden.

Schon wieder klingelt das Telefon. Der Anrufbeantworter springt an. Ich schalte auf laut. Eine weibliche Stimme. Frau Holtkamp. Sie scheint an Wunder zu glauben.

„Holtkamp hier. Guten Abend, Frau Reichert, ich wollte nur wissen, ob Sie schon mit Ihrer Assistentin gesprochen und ihr die Seiten gezeigt haben."

Soll ich mich melden? Sie hat den Anruf noch nicht beendet. Ich drücke auf die Taste, bemühe mich, deutlich zu sprechen.

„Hallo, Frau Holtkamp. Ja, ich habe mit ihr gesprochen und sie ist schon bei der Arbeit, hat das System bereits entschlüsselt und die ersten Sätze entziffert. Es ist wohl die Rede von einem Gespräch mit einem gewissen Charly. Sagt Ihnen der Name etwas?

Schweigen. Ich höre sie atmen. Schwer atmen.

„Frau Holtkamp? Sind Sie noch da?"

Keine Antwort. Dann höre ich ein Räuspern.

„Ja. Ich kenne diese Person." Wieder ein Räuspern. „Ich werde mit ihr reden. Ich danke Ihnen. Sie müssen das Ganze nicht weiterverfolgen. Ich brauche Ihre Dienste nicht mehr. Sagen Sie bitte Ihrer Assistentin, sie muss sich nicht weiter bemühen. Und es bleibt dabei. Sie behandeln die ganze Angelegenheit streng vertraulich. Schicken Sie mir bitte Ihre Rechnung."

Klick. Gespräch beendet.

Merkwürdig. Sehr merkwürdig. Wenn ich nicht ganz danebenliege, dann hat der Name Charly etwas Entscheidendes in ihr ausgelöst. Ob die Entzifferung des Zettels vielleicht verrät, was es sein könnte?

Der Rotwein und der Krimi gestern Abend im Fernsehen, haben mir nicht die Erleuchtung gebracht, nicht zu dem Fall, der nicht mehr mein Fall ist, noch zu einem Entschluss geführt, wie es mit meinem Leben weitergehen soll, und auch der heutige Tag hat bisher keine entscheidende Erkenntnis gebracht. Aber ich fahre seit langem einmal wieder mit der U-Bahn und steige an „meiner" Station aus. Dann gehe ich zu „meiner" Straße und schaue hoch zu „meiner" Wohnung. Viel Grün wuchert über die Dachkante. Wird Zeit, dass ich mich darum kümmere. Der Gedanke fühlt sich gut an.

Tanja sitzt schon an unserem Tisch, die Flasche Rotwein und das Wasser warten auch schon auf mich. Sie schiebt ein Blatt Papier zu mir rüber. Ich sehe die Überschrift: Transskript und lese:

„Habe heute mit Charly geredet. Es darf nicht wahr sein, doch diese Telefonnummer ist eindeutig. Marc Arbuthon, London. Aktienhändler. Er hat es nicht abgestritten. Sei gängige Praxis. Sein Schmeicheln, sein Ginny, Ginny, das kannst du mir nicht antun. Denk an Molly und Arthur.

Es geht doch um unsere Familie. Zaubererfamilie! Im Brunnen der magischen Geschwister. Von wegen. Da ist nur Müll drin. Ich weiß, sie tranken heimlich Wein und predigten öffentlich Wasser. 1,5 Mill. persönlicher Profit. Ich krieg das Kotzen. Ich muss da raus."

Ich schaue Tanja an und zucke mit den Schultern.

„Was soll das?"

„Es könnte um Banktransaktionen gehen. Schon mal was von bad banks und cum ex Geschäften gehört?"

„Über diesen Milliardensteuerbetrug liest und hört man ja einiges. Die Ermittlungen mehrerer Staatsanwaltschaften gestalten sich offensichtlich sehr schwierig. Banken, Anwälte und Investoren haben den Staat wohl mit Steuertricks und Aktiengeschäften um Milliardensummen betrogen. In Frankfurt brodelt die Gerüchteküche. Der Name Holtkamp ist aber noch nicht gefallen."

„Ist auch besser so. Schließlich wirbt dieses Unternehmen mit Vertrauen, Zuverlässigkeit und Fairness."

„Und wieso kommst du denn gerade jetzt darauf.?"

"Es ist von einem englischen Aktienhändler die Rede."

„Schon, aber von wem spricht sie? Wer sind diese Personen?"

„Hast Du Harry Potter gelesen?"

„Habe ich nicht."

„Da gibt es die Familie Weasley. Molly und Arthur sind die Eltern und die haben sieben Kinder. Ginny ist die jüngste und Charly einer ihrer Brüder. Die haben ein festes Familiengefüge. Es geht um Verlässlichkeit, um Vertrauen, um Geschwisterliebe."

Geschwisterliebe! Ein Gesicht schiebt sich in mein Bewusstsein, ein Gesicht, das ich heute gesehen habe und das mich seitdem die ganze Zeit beschäftigt.

An dem Abend, als wir im Biergarten waren, ging ich zurück zum Hotel und sah im Eingang eine Frau, in der ich die Frau wiedererkannte, die mir an dem einen Morgen am See begegnete und die, wie ich später erfuhr, Antonia Holtkamp war. Ihr gegenüber stand ein junger Mann mit dem Rücken zu mir, der wohl heftig auf sie einredete. Sie schaute ihn sehr konzentriert an, schien aber dem, was er sagte, nicht viel Aufmerksamkeit zu schenken.

Dann lächelte sie, strich ihm über die Wange, es sah zärtlich aus und ging in Richtung Aufzug. Er blieb mit gesenktem Kopf stehen, lange, als wisse er nicht, wohin. Dann drehte er sich um, kam heraus und ging grußlos an mir vorbei. Es war, wie mir jetzt erst klar wird, Richard Holtkamp, ihr Bruder.

Ob ich etwas Auffälliges gesehen hätte, wollte der Kommissar wissen. Ob es auffällig war, kann ich nicht beurteilen. Das überlasse ich ihm. Aber wissen sollte er es, schließlich hatte dieser Bruder bei unserem Treffen kein Wort darüber verloren, dass er auch am Eibsee war und sich mit seiner Schwester getroffen hat.

Der Kommissar hat mir doch seine Karte dagelassen. Wenn mir irgendetwas einfalle, solle ich ihn anrufen, hat er gesagt. Dürfe auch mitten in der Nacht sein. Hatte ich seine Visitenkarte eingesteckt oder liegt sie noch bei mir zu Hause. Tanja sieht irritiert aus, als ich ohne eine Erklärung in meiner Tasche krame. Da ist sie. Ich hatte sie in mein Adressbuch gesteckt.

Er meldet sich schon beim zweiten Klingeln.

„Ja, bitte.?

„Sabine Reichert hier. Entschuldigen Sie die Störung, aber ich habe mich gerade erinnert, dass ich am Abend des Todes von Antonia Holtkamp sie mit Richard Holtkamp, ihrem Bruder, im Hotel am Eibsee gesehen habe."

Auch hier erst einmal Schweigen am anderen Ende. Dann auch hier ein Räuspern.

„Danke für Ihren Anruf." Pause. Was ich dann höre, kann ich so schnell nicht begreifen. Ich lege mein Handy neben meinen Teller und schaue Tanja an. Offensichtlich wartet sie auf eine Erklärung.

„Das war der Kommissar aus Garmisch. Der Fall ist abgeschlossen. Der Vorgang wurde eindeutig als Unfall deklariert. Auf meine Frage wieso, sagte er nur: in dubio pro reo. Mehr nicht. Er wünscht mir noch einen schönen Abend. Was sagst du dazu?"

Ich warte auf eine Reaktion. Sie rührt nur weiter in ihrem Espresso herum, den man uns mittlerweile gebracht hat.

„So sag doch was."

„Im Zweifel für den Angeklagten."

„Habe ich verstanden. Aber wieso das jetzt so schnell? Der Kommissar sprach doch davon, dass sie noch auf ein Untersuchungsergebnis warten."

„Es kommt vor, dass Zweifel durch gewisse Bedingungen verstärkt werden, oder durch Kontakte. Wann hast du Frau von Holtkamp von Charly erzählt?"

„Gestern."

Tanja zieht die Augenbraue hoch.

„Also."

Wir sehen uns verständnisvoll an und Tanja ordert lautstark:

„Noch zwei Glas Rotwein.!"

Morgen kommt Paul zurück.

Ende

Ein großes Danke schön an meine Familie für die tatkräftige Unterstützung bei all meinen Schreibaktivitäten.

Dank auch an

Sibylle Clauss-Schleicher für entscheidende Denkanstöße

Herrn Dieter Hoffmann sowie Herrn Kriminalhauptkommissar Alexander Greinwald, Garmisch-Partenkirchen für die Beantwortung meiner Fragen in den jeweiligen Fachbereichen.

Was es sonst noch von Anna Johann zu lesen gibt:

Ihr erster Auftrag

ISBN 3596135354

Der Start von Sabine Reichert als Privatdetektivin

Tödliches Maskenspiel

ISBN 9783839225981

Raffinierte Manipulation in ihrem nächsten Fall

Geschieden, vier Kinder, ein Hund. Na und?

ISBN 3596111188

Ich liebe meine Familie. Ehrlich.

ISBN 3596130824

Neles Geheimnis

ISBN 359615129

Die kleine Sekunde Ewigkeit

ISBN 3596149843

Das turbulente Leben einer Journalistin zwischen Familie und Karriere

Mordsglück

ISBN 3596147115

.. muss man haben, wenn man im Theater erfolgreich sein will, manchmal muss man ein bisschen nachhelfen.

Stromboli – eine Liebe im August

ISBN 9783740764159

Alle vier Elemente, Erde, Luft, Feuer und Wasser, auf 12,6 km^2. Und eine Begegnung, die Alles grundsätzlich in Frage stellt.